KB272035

경계인들

경계인들

초판 1쇄 인쇄 · 2026년 4월 2일
초판 1쇄 발행 · 2026년 4월 10일

지은이 · 심영의
펴낸이 · 한봉숙
펴낸곳 · 푸른사상사

주간 · 맹문재 | 편집 · 지순이 | 교정 · 김수란
등록 · 1999년 7월 8일 제2-2876호
주소 · 경기도 파주시 회동길 337-16 푸른사상사
전화 · 031) 955-9111(2) | 팩스 · 031) 955-9114
이메일 · prun21c@hanmail.net
홈페이지 · http://www.prun21c.com

ⓒ 심영의, 2026

ISBN 979-11-308-2370-6   03810
값 19,000원

이 책은 2026년 광주광역시 광주문화재단의
지역문화예술육성지원사업으로 지원받아 발간되었습니다.

74
푸른사상
소설선

경계인들

심영의 장편소설

벌써 여러 권의 소설을 펴냈는데 내 소설이 많은 독자를 만나고 그들의 가슴에 공명을 불러일으키는가를 곰곰 생각해보면 마음이 아프다. 소설에서 말하고 싶은 것이 온전한 스설의 형식으로 말해지고 있는가 하는 점 역시 가만 생각해보면 부끄럽다. 그래도 쓰는 까닭은 내가 작가이기 때문이고 작가란 쓰는 행위를 통해 자신의 존재를 증명해야 하는 것인데 그래도 머잖아 멈출 때가 올 것이고 그때까지는 정성을 다해보려 한다.

2026년 봄
심영의

차
례

1

표현의 부자유전

김은주

나고야에 가서 인터뷰 한 꼭지를 할 수 있겠느냐는 편집자의 전화를 받고 나는 망설임 없이 그러겠다고 답했다. 주저하는 눈치를 보이면 다른 사람에게 일이 돌아갈 것이고 그러면 당분간 그쪽에서 내게 일을 주지 않을 것이 빤했다. 수습이든 기간제든 프리랜서든 어디서나 일을 찾는 이들은 많았고 일을 주는 쪽은 한정돼 있었다. 원고료에 왕복 항공료와 숙박비가 포함되어 있는지도 묻지 않았다. 개인적으로도 만나보고 싶은 사람이기는 했으니까.

인천공항에서 아이치현 나고야시 주부공항까지 1시간 40분 정도 걸렸다. 서울에서 목포까지 고속열차가 2시간 40분 정도 걸리니까 그만하면 견딜 만한 시간이었다. 2019년 8월엔, 독립운동은 못했어도 불매운동은 한다는 여론이 달아오르던 때였다. 어느 때보다 마음이 멀어졌으나, 아니 결코 가까운 때가 있었다고 할 수 없었으나 거리로만 보면 한국과 일본은 가장 가까운 이웃이라는 말이 실감 났다. 실제로도 19세기를 전후한 시기 여러 사정으로 일본으로 건너가 정착한 사람들을 포함해서 현재 80만 명에 이르는 교포들이 있다고 했다. 인구 1백만 명을 넘는 우리나라 도시가 열한 군데 정도인 것을 생각하면 적지 않은 수의 한인들이 일본에 정착해서 살아가고 있는 셈이다.

8월 초순이어서 서울은 35도를 오르내리는 무더위 탓에 괴로웠고, 공항은 휴가를 떠나는 사람들로 발 디딜 틈 없이 붐볐다. 그랬어도 해마다 일본에서 열리는 윤동주 문학 기행도 중단할 만큼 일본에 대한 감정이 악화하는 때여서 일본을 여행지로 삼는 이가 많지는 않아 보였다. 순전히 내 느낌일 수도 있으나 일본으로 여행을 떠나는 이들은 뭔가 억울하거나 주눅 든 표정이었다. 종로에 있는 옛 일본대사관 앞에 1만 5천여 명의 시민이 모여 일본을 규탄하는 촛불집회를 열기도 했으니 괜히 눈치가 보였을 것이다. 취재와 인터뷰를 위해서 가는 길이었지만 여권과 티켓을 보여주고 게이트를 통과할 때 내 마음도 편치 않았다. 일본에 정착해서 살아가고 있는 한국인들에게는 잠잠해 보이다가도 한 번씩 폭풍우가 몰아치는 두 나라의 상황이 고통스럽지 않을까 싶었다.

일본은 서울보다 조금 더 덥고 마침 우기이기도 해서 습도가 높았다. 공항에서 빠져나오자마자 후텁지근한 공기가 블라우스에 달라붙었다. 서울에서 출발하기 전 약속을 해두었고 시간 여유가 충분했으나 나는 서둘러 아이치현 예술문화센터로 걸음을 재촉했다. 나고야는 초행길인 데다 이국땅이었다.

일본 열도 중부지방을 대표하는 고도답게 나고야는 사람들로

붐볐다. 아이치현 예술문화센터는 미술관과 예술극장, 문화정보
센터 등의 시설을 두루 갖춘 제법 규모가 큰 복합 문화공간이었다.
그곳에서 2019년 8월에서 10월까지의 일정으로 일본 최대의 국제
예술제인 제4회 아이치 트리엔날레가 열리고 있었다.개막식 첫날
이라 예술문화센터 전시장마다 관람객과 취재진과 전시 관계자들
의 발걸음이 분주하게 오갔다. 8층에는 '평화의 소녀상'이 전시된
공간이 있었다. 나무 의자에 앉아 있는 소녀상엔 '표현의 부자유전
(展)' 팸플릿이 들려 있고, 옆에는 빈 의자 하나를 마련해두었다. 빈
의자는 비극적 역사를 기억하고 그 기억의 저현어 공감하고 지지한
다면 그 곁에 앉아도 좋다는 뜻일 것이었다. 일본에서 일본인들이
만든 평화의 소녀상을 마주한 심사가 편하지는 않았다. 그러나 또
울컥하기도 했다.

오카모토 유카 선생을 만난 건 2019년 8월 4일 늦은 저녁 아이
치현 예술문화센터 전시장의 개막 첫날 일정이 끝난 후였다. 중간
에 잠깐 얼굴을 보고 인사는 나누었으나 인터뷰를 진행할 형편이
되지 않았다. 선생은 당신을 찾는 사람들을 응대하느라 분주했다.
전시장은 가끔 소란이 일기도 했으며, 우리에게는 차분하게 이야
기 나눌 시간이 필요했다. 우리는 아이치현 예술문화센터 근처에
있는 나고야 도큐호텔 로비에서 만나기로 했다. 사카에역에서 도
보로 10분 남짓 거리에 있어서 숙소로 예약해둔 곳이었다. 마침 도
쿄에서 함께 온 일행의 숙소이기도 하다고, 차분하게 이야기 나누
자면서 콧등을 찡그리고 웃는 선생에게 나는 친밀감을 느꼈다.

일본군 위안부 학술 사이트 '파이트 포 저스티스' 운영 모임에서 상임이사를 맡고 있는 '표현의 부자유전' 기획자 오카모토 유카 선생은 사십 대 후반으로 짐작되는 여성이었다. 전체적으로 부드러운 이미지이면서도 강단 있는 눈빛이 인상 깊었다. 종일 피곤했을 텐데도 선생의 목소리에는 쾌활함이 가시지 않았다. 선생의 나이가 오십 중반에 접어들었다고 해서 나는 마음으로 깜짝 놀랐다. 선생은 내 일본어 솜씨가 매우 훌륭하다고 하면서 밝게 웃었다.

"다카시 나고야 시장이 전시장에 찾아와, 위안부가 사실이 아니었을 가능성이 있다고 했다면서요? 도쿄 내각에서는 전시 관련 정부지원금을 회수하겠다고 하고. 일본에서 별로 인기 없는 일에 그토록 열심인 까닭을 여쭈어도 괜찮으실지요?"

객실에서 휴식을 취하며 선생을 기다리는 동안 텔레비전 뉴스가 전하는 개막식 첫날의 소란을 보았다. 지난달에는 아베 신조 총리가 반도체와 디스플레이 제조에 필요한 핵심 소재의 한국 수출에 제한을 두는 수출 통제 정책 시행을 발표하는 바람에 한일 관계가 급속도로 얼어붙고 있었다. 일본 제품 불매운동과 일본 여행 취소를 넘어 제국주의 시대 한인 노동자의 징용과 전쟁 위안부 문제에 대한 사죄를 요구하는 한국 내 강경한 여론이 일본 우익 세력의 격렬한 반발로 이어지는 시기였다. 어떤 계기가 있으면 되풀이되는 일이기도 했다. 그러나 끝을 보지는 못했다. 끝을 볼 수 있는 일도 아니었다. 선생은 잠깐의 침묵 끝에 담담한 어조로 답했다.

"인기가 없죠. 우익단체 사람들에게서 모욕은 물론 신변의 위협을 느낄 때도 많고요. 마침 일한 관계가 아주 힘들게 흘러가는 때라서 중앙은 물론 지방정부의 반응도 냉담하고요. 그런데 태평양전쟁 때 군 위안부로 끌려가 치욕을 당한 젊은 여성들을 생각하면 우리가 겪는 이 정도 어려움은 아무것도 아니잖아요."

"그렇긴 합니다만."

나는 말을 고르고 있었다. 모범답안 말고 왜, 하필이면, 일본군 성노예 문제에, 일본 사람인 당신이 지속적인 관심을 보이는가를 알고 싶었다. 한국 내에서도 위안부의 강제 동원 사실을 부정하면서 곳곳에 마련한 소녀상에 몹쓸 짓을 하는 자들이 없지 않았다. 아예 단체를 만들어 수요집회를 방해하고 위안부 소녀상 철거를 주장하는 이들도 있었다. 같은 여성이라고 위안부 문제에 같은 뜻을 모으는 것도 아니었다. 어떤 여성은, 그는 학자이기도 한데, 위안부는 일본군의 벗이었다고, 내일 전장에 나가면 살아 들어올 수 없을 청년들을 위해 하룻밤 기꺼이 따뜻한 몸을 내주었다면, 그게 무슨 문제냐고 되물었다. 그게 무슨 문제냐고? 나는 그 말과 태도에 큰 충격을 받았다. 하룻밤, 따뜻한 몸… 을 내준다. 누가 누구에게? 누구를 혹은 무엇을 위해서?

그들 주장의 요체는, 위안부는 돈을 벌러 간 매춘부라는 뜻이었고, 일본 정부의 강제가 아닌 조선인 업자의 주선으로 그러니까 자발적으로 이루어진 일이라는 점이었다. 법원은 그 교수에게 명예훼손의 죄를 묻지 않았다. 사상과 학문과 표현의 자유라고 면죄부를 주었다.

인간은 도덕의 굴레에서 결코 벗어날 수 없다고, 모든 행위마다 도덕성을 고민할 수밖에 없다고 했던 철학자가 있긴 했다. 그러나 또 도덕적 행위라는 게 자기 이익에 부합하지 않는 때에도 누구에게나 예외 없이 작동하는 것은 아니지 않는가. 일문학을 가르쳤던 그 여성학자의 책은 일본에서 더 많이 팔렸다고 들었다. 그래서 나는 물었다.

"선생님과 가까운 분들이 혹여 태평양전쟁 때 그와 비슷한 고초를 겪기라도 하셨는지요?"

자칫 무례하거나 오해할 수 있는 질문이었으나 선생은 부드러운 미소를 잃지 않았다. 한여름 늦은 저녁의 호텔 로비 카페엔 가까운 이들과 함께 차를 마시고 이야기를 나누려는 사람들로 활기가 넘쳤다. 호텔은 오래되었으나 정갈해 보였다.

"아뇨. 그것과는 상관없어요. 전쟁이 한창이던 1940년에 내 어머니가 태어났고 나는 1965년에 태어났으니까요. 그것보다는."

오카모토 선생은 식사는 했냐고, 당신은 겨를이 없어 아직 저녁을 먹지 못했다고, 내게 조심스레 물었다. 간단한 요기는 했지만 나는 저도 겨를이 없어서, 하면서 웃었다. 우리는 호텔 카페를 나와 근처 작은 식당으로 들어갔다. 여느 도시의 역이나 그럴 테지만 사카에역 근처 거리에는 술을 곁들여 식사까지 할 수 있는 음식점들로 밤거리가 환했다. 비는 잠시 그쳤고 더위도 한풀 꺾여 있었다. 무엇을 먹고 싶냐고 내게 물었으나 내가 망설이자, 선생은 나고야의 토속 요리라는 나고야 메시 중에서 히쓰마부시를 주문했다.

"나고야에 가끔 오는데, 저는 올 때마다 이 장어덮밥을 주로 먹어요. 아, 그리고 준마이 한 잔씩. 선생님 입에 맞을지 모르겠네요."

선생은, 나고야 메시는, 나고야 지방의 독특한 음식이다, 옅은 단맛과 매콤한 맛이 곁들인 나고야의 향토 요리라고 설명해주었다. 특히 이 음식점의 히쓰마부시는 직화구이로 장어를 구워서 겉은 바삭하고 속은 촉촉했는데, 한국식으로 말하자면 숯불 양념장어구이 정도 될 듯했다. 함께 나온 흰쌀밥을 얹어 먹었는데, 향도 맛도 좋았다. 준마이 한 잔을 내게 건네며 선생이 물었다. 사케 중에서도 준마이는 알코올 첨가 없이 쌀로만 만들어 그 맛이 부드럽다고 했다.

"김은주 선생의 고향은 어딘가요? 나는 시코쿠입니다만. 도쿄에서 살지만, 고향은 시코쿠지요."

"시코쿠라면, 오헨로(お遍路)라 부르는 순례길이 있는 섬 아닌가요?"

길게 줄지어 늘어서 있는 섬을 열도라 브른다. 시코쿠(四國)는 일본 열도 네 곳 중 가장 작은 섬이다. 시코쿠는 뜨 네 개의 현으로 이루어져 있는데, 고치현은 남부지방에 있는 가장 작은 현으로 뒤로는 험준한 시코쿠 산지를, 남쪽으로는 태평양을 마주하고 있다. 시코쿠에는 일본 헤이안 시대의 승려 구카이(空海)와 관련된 도량 88군데가 해안가를 따라 조성되어 있다. 그 순례길을 오헨로라 한다. 순례자들은 도쿠시마에 있는 1번 도량 로젠지부터 가가와현에 있는 88번 도량 오쿠보지에 이르는 88개의 도량을 순례하는 동안 인간이 가진 88개의 번뇌가 사라지고 깨달음에 이르게 되며 소망이 이루어진다고 믿는다. 108배와 108번뇌 그리고 108개로 이루어진 염주에 익숙한 편인 내게 88개의 번뇌는 다소 의외였다. 고통과 무지와 욕망으로 인한 인간의 고뇌가 108개보다 적은 88개라면 번뇌에서 벗어날 가능성은 좀 더 있는 것일까, 나는 약간 웃었다. 아무튼 고치현에는 24번부터 39개의 도량이 있는데, 식민 시기의 도시 목포에도 그와 같은 불상을 만들어두었다. 유달산 등산로를 따라 88개 불상을 만들어 유달산을 한 번 등산하면 오헨로를 한 번 순례하는 셈이 되도록 했다.

목포와 시코쿠를 연결하는 매개는 무엇이었을까. 유달산 아랫동네 어촌마을에서 태어나 자란 나는 늘 그게 궁금했다. 일제강점기 때 목포로 건너와 정착한 일본인 중에 고향이 시코쿠인 이들이 많았을까. 친구들과 함께 유달산을 오르락내리락하면서 마주치던 이질적인 느낌의 불상들이 식민 시기 일본인들이 만들어둔 것이라는 얘기는 그때도 들어 알았다.

남편 윤수현과 함께 행복원을 운영했던 다우치 지즈코 원장의 고향도 시코쿠라 했다. 재작년 여름에 방학을 이용해서 나는 시코쿠에 다녀온 적이 있었다. 무척 인상적인 일은 시코쿠 거리에 한글과 일본어를 함께 써서 그녀를 기념한 비가 세워져 있는 것이었다. '한국 고아의 어머니'라고 쓴 기념비 옆에 따로 "숭고한 사랑은 영원히 전해진다."로 마무리한 안내석이 있었다. 그곳에 언젠가 다시 한번 가보리라고 나는 마음먹고 있었다. 그런데 오카모토 선생

의 고향이 시코쿠라니 우연치고는 묘해서 나는 기분이 약간 야릇
했다.

시코쿠와 오헨로를 어떻게 아느냐고 선생이 깜짝 놀랐다. 궁금
한 게 많았고, 식민지 조선에 살았던 일본 여성들에 관한 논문을 써
야 해서 겸사겸사 다녀온 적이 있다고, 내 고향은 한국의 서남부에
있는 오래된 항구 목포라고 하자 그의 얼굴이 환해졌다. 목포의 어
느 동네냐고 물었다. 목포를 잘 아느냐는 나의 질문에 잘 아는 것은
아니지만, 이라고 말끝을 흐렸다. 나도 시코쿠를 잘 안다고 할 수
없어서 우리는 서로를 향해 방긋 웃었다. 선생은 그러나 저는 비과
학적인 사유 체계는 그다지 신뢰하지 않아요, 하고 말했다. 아, 그
건 저도 그렇습니다. 내 대답이 끝나는 동시에 우리는 쾌활하게 웃
었다. 마침내 번뇌가 사라지고 소망이 이루어진다는 오래된 주술
적 믿음을 여전히 신뢰하는 이들도 없지 않겠고 그러한 믿음 자체
를 굳이 부정할 것만은 아니었으나 최소한 우리 두 사람은 그렇지
않다는 것을 확인한 셈이었다. 이야기가 통할 것 같은 느낌이었다.
믿음의 영역이 지나치게 확고한 이들과의 대화란 피곤하기 이를 데
없으니까.

목포에서 가장 오랜 마을인 어촌마을은 옛날에는 어부들이 고
기를 잡아 오면 인근 농민들이 보리를 가져와 서로 교환하던 곳이
었다. 햇볕에 보리를 널어 말리던 보리 마당이 있었고, 구불구불한
골목길에 다닥다닥 붙은 집들에서 사람들은 서로 이웃해 살았다.
다 같이 가난해서 이웃과 비교하며 자신의 비루함을 지나치게 탓하

지 않았다. 때론 별것 아닌 일로 시끄러웠으나 자고 나면 원망이 지워졌다. 그런 기억이 남아 있긴 했으나 대학을 서울로 가고 직장 생활도 서울에서 하느라 고향에 간 지도 꽤 오래되었다.

"김은주 선생은 시코쿠에 다시 한번 가보고 싶어 하시고, 저는 목포에 언젠가 꼭 가보고 싶어 했으니 이런 우연이 없군요. 저는 도쿄 신주쿠 신오쿠보역의 의인 고 이현수 씨의 고향이 목포라 들어서 특별히 목포에 대한 애정이랄까 그런 감정이 있어서요."

이현수 씨가? 누구지요, 라고 묻기 전에 오카모토 선생이 미소를 지으며 먼저 말해서 나의 무안을 덜어주었다. 2015년에 개봉했던 마츠오카 조지 감독의 영화 〈심야식당〉이 도쿄 신주쿠 골목을 배경으로 그려진 까닭에 나는 이현수라는 이름보다 심야식당의 잔상이 먼저 떠올랐었다. 도쿄의 화려한 야경과 늦은 시각에도 분주하게 오가는 사람들, 고속열차가 달리는 교각 아래로 끊임없이 질주하는 자동차들의 행렬. 뒷골목에 자리한 작은 식당의 마스터. 왼쪽 눈 아래 깊게 팬 흉터. 그가 해준 음식을 먹으며 슬픔이 사라졌다고 말하는 젊은 여성. 그렇게 고단한 하루 일상을 음식과 술과 이야기로 해소하는 영화 속 사람들의 모습이 빠르게 뇌리를 스쳐가고 있었다.

오래전 일이라 얼마든지 그럴 수 있다고, 이현수 씨에 대한 기억을 떠올리지 못해 미안해하는 내게 그는 다시 준마이 한 잔을 따라주었다. 사려 깊은 사람이었다.

일본에서 유학하고 있던 이현수 씨가 아르바이트를 마치고 기숙사로 돌아가기 위해 도쿄 신주쿠 신오쿠보역에 들어선 것은 2001년 1월 26일 저녁 7시가 조금 지났을 무렵이었다. 열차를 기다리고 있던 그의 눈에 건너편 플랫폼에서 비틀거리던 한 사람이 그만 발이 미끄러지는 바람에 철로로 굴러떨어지는 것이 보였다. 가까이에서 전차가 들어서고 있는 위급한 상황이었다. 그가 망설임 없이 뛰어들었고, 그와 동시에 뛰어들었던 일본인 남성과 힘을 합해 철길로 굴러떨어진 사카모토 세이코 씨를 구하려 했다. 많은 이들이 손에 땀을 쥐면서 그 모습을 지켜보고 있었다. 그러나 순간적으로 들이닥친 전철을 미처 피하지 못하고 세 사람은 절명하고 말았다. 사람들은 그들이 전차에 들이받혀 저 멀리 튕겨 나가고, 이내 온몸이 검붉은 피로 물들며 죽어가는 것을 지켜보면서 탄식했다.

"그때, 저도 그 장면을 다만 무력하게 지켜보았던 사람 중 하나에요. 그때 저는 프리랜서 편집일을 하고 있어서 전시회 개막을 위한 회의를 마치고 집에 돌아가던 길이었어요. 건너편 플랫폼에서 누군가 발을 헛디뎌 철길로 굴러떨어졌고, 마침 가까이에 전차가 들어오는 게 보여서 우리는 깜짝 놀란 채 어쩔 줄 몰라 하고 있었어요. 그런데 순간적으로 두 사람이 망설임 없이 철로로 뛰어내렸고 그들 세 사람이 그만 목숨을 잃고 말았는데, 그중 한 분이 한국인 유학생 이현수 씨였어요."

맞다, 일본 언론은 한국과 일본 두 나라의 우정의 가교 역할을 했다고 대서특필했던 게 이제야 기억났다. 많은 일본 사람이 그의 희생을 안타까워하고 추모하면서 빈소를 찾았다. 한국 언론도 많은 분량을 할애해서 보도하고 있었다. 자신이 한 번도 만난 적 없는 일본인을 구하기 위해 기꺼이 자신을 희생한 그를 한일 양국이 함께 애도하고 추모했다. 해마다 그의 기일에 그를 추모하고 십시일반 거둔 성금으로 일본어를 배우고 있는 아시아 유학생들에게 장학금을 지급한다고 했다.

그가 철길에 뛰어들던 2001년 1월이면 나는 대학 입학을 목전에 두고 있던 때였다. 일본 정부가 전액 장학금을 지원하는 일문학과에 합격했다. 행복원을 여전히 후원하고 있는 일본의 후원자들이 애써준 결과였다고 나는 짐작했다. 그러나 생활비는 스스로 해결해야 했다. 첫 번째 해결해야 할 중요한 일이 몸을 누일 거처를 마련하는 일이었다. 서울로 올라와 옥탑방 하나를 얻었는데, 건물은 아무리 헤아려봐도 4층인데 내가 세든 방은 502호실이었다. 본래는 건물에 딸린 옥탑방이 501호였다는 데, 건물 주인이 허름한 벽을 덧대 방 하나를 더 만들어 세를 놨다고 했다. 반지하의 비좁은 방들에선 퀴퀴한 냄새가 났고, 길거리에 면한 손바닥만 한 창으로는 햇살 대신에 먼지 알갱이가 뿌옇게 일었다. 가진 돈으로 얻을 수 있었던 반지하와 옥탑방 중에서 그래도 햇살과 바람을 느낄 수 있는 옥탑방 502호는 그런데 화장실 문이 두 개였다. 하나의 화장실을 501호와 502호 각각의 방에서 문을 열고 쓸 수 있게 만들어두었다. 처음에는 기겁했으나 501호에 나보다 먼저 세들어 있던 이가 다행스럽게 동년배의 여자아이이어서 그나마 안도했다.

스산한 겨울이었다. 우리 둘은 불편을 최소화하자는 뜻에서 친해져보기로 마음먹었다. 한참 인기몰이 중이던 곽경택 감독 영화 〈친구〉를 두 번이나 보았다. 동수가 준석에게 묻는다. "상택이한테 뭐 땜에 그리 하노? 친구 아이가." 준석의 그 대답이 남녀 구분 없이 우리 또래에서 크게 유행했다. "친구 아이가." 영화에서, 아이들에게 무지막지한 매질을 아무렇게나 하던 국어 선생이 칠판에 '親舊'라고 한자로 쓰고 그 뜻을, '오래 두고 가깝게 사귄 벗'이라 풀이했다.

501호 아이와 나는 이현수 씨의 행위를 두고 굳이 그렇게까지 할 필요가 있었느냐는 탄식과 원망과 섭섭함 따위의 말을 주고받았었다. 이현수 씨가 자신의 목숨을 내주고 구하려 했던 이가 일본인이었기 때문이었다. 더구나 두 사람은 일면식도 없는 사이였다. 그렇다면 같은 한국인끼리라면 그런 행위가 가능할까. 일면식도 없는 사이에서. 우리는 아무도 자신 있게 그렇다고 말하지 못했다. 한동안 우리는 그 문제로 대화를 이어갔다. 샤워를 하기 위해 문을 열면 변기에 앉아 있다가 후다닥 일어서곤 하는 501호 아이와의 어색함이 여전했기 때문에 대화의 소재가 있어서 다행이긴 했다. 그렇다면 그런 상황에 우리가 있을 때 그냥 발을 동동거리며 지켜보아야 하는가. 고개를 돌려 외면해야 하는가.

한국의 한 역사 플랫폼에서 비슷한 일이 있었다. 누군가 철로로 떨어졌고 열차는 다가오고 있었다. 한 철도원이 뛰어들어 그를 구했다. 철도원은 목숨을 잃지는 않았으나 한쪽 다리를 잃고 말았다. 그런데 병원에서 다리 하나를 절단하고, 퇴원 후 오랜 기간 치료를 받는 중에 그가 구해준 이에게서는 고맙다는 전화 한 통도 오지 않았다고 했다. 철도원은 명시적으로 원망하지는 않았으나 그의 마음을 모를 이 또한 없었다. 501호 아이와 나는 자신의 목숨을 구해준 철도원에게 고맙다는 인사는커녕 단 한 차례도 연락하지 않았다는 누군가에 대해 여러모로 생각해보았다. 왜 그랬을까. 물론 우리는 그를 욕했다. 아주 나쁜 새끼라고. 그런 새끼를 구하려다 한쪽 다리를 잘라내야 했던 철도원이 너무 불쌍하다고. 그날 우리가 내린 결론은, 우리라면 그런 상황에서 함부로 뛰어들지 말자는 다짐이었다. 다른 하나는, 한국인이 일본인과 친구가 될 수 있을까 하는 문제였다. 이현수 씨 이야기를 하던 중이었으니까. 이번에도 누구도 자신 있게 긍정하지는 못했다. 친구가 되어서는 안 된다는 법도 없지만, 그 무렵의 우리는, 같은 한국인 사이에서도 진정한 친구가 되는 건 쉬운 일이 아니라는 걸 모르지 않는 나이였다. 순서를 정해두고 화장실을 쓰자고는 했지만 그게 또 쉬운 일도 아니어서 우리는 자주 시무룩했다가 마음을 상하곤 했다.

영화 〈친구〉에서도 어린 시절을 함께 보냈던 동수와 준석은 서로를 밀어내고, 결국 동수는 준석 패들의 칼에 찔려 죽는다. 그들에게 무엇을 해야 한다거나 해서는 안 된다는 도덕 윤리는 안중에 없었다. 다만 서로의 이해가 달랐기 때문에 오랜 친구를 잔인하게 죽일 수 있었다. 그러니까 핵심은 한국인인가 일본인인가가 중요한게 아니라는 것이다. 그래도 이현수 씨가 평소 일본인의 친절한 성품에 감탄하고 일본을 동경했었다는 뉴스에 501호 여자아이는 냉담한 표정을 짓기도 했다. 그의 할아버지는 일제의 징용으로 일본에 끌려갔고, 그런 탓에 그의 아버지는 일본에서 태어나 살다가 한참 후에 귀국했다고도 했다. 삶이 평온하지는 않았을 것이다. 그 모든 일에 조선을 식민 지배했던 일본제국주의자들 탓으로만 돌릴 수는 없더라도 그의 굴곡 많은 가족사의 상당한 원인이 식민 지배에 있는 것도 사실 아닌가.

상기해보면 그 무렵 501호와 나는 그가 일본인이 아니라 위험에 빠진 한 사람을 구하려다 아깝게 희생된 거라는 바람직한 결론을 내리기는 했다. 그래도 개운한 건 아니었다. 징용으로 할아버지가 일본으로 끌려가 죽을 고생을 했을 것인데 그런 일본에 대해 불편한 감정 대신 일본인의 친절함을 좋아했다는 것이, 그러니까 그에 관한 미담이 어디까지 사실인지 미안하게도 그는 세상에 없고 그의 미담을 추모하는 이들만 있으니까, 더구나 나는 일본 정부의 장학금을 지원받는 학과에 입학한 형편이어서 501호 여자아이의 눈치까지 보느라 마음이 적잖이 불편했었다. 오카모토 선생이 물었다.

"제가 일본에서 별로 인기 없는 일에 그토록 열심인 까닭을 물었지요? 혹여 나와 가까운 이들이 태평양전쟁 때 그와 비슷한 고초를 겪기라도 했느냐고 물었지요? 이해해요. 나는 일본인이고 김은주 선생은 한국인이니까. 우리 두 나라 국민 사이에는 건너기 어려운 심연이 가로놓여 있는 게 사실이니까요. 그때도 스물여섯의 젊디젊은 이현수 씨가 고작 일본인 한 사람을 구하기 위해 자신의 목숨까지 버려야 할 필요가 있었느냐고 회의하는 한국인들이 적지 않았다는 것을 알아요. 저와 동료들이 평화의 소녀상을 전시하고, 태평양전쟁 시기 일본제국의 부도덕한 행위를 알리려 할 때마다 같은 일본 사람인 당신들이 왜 그런 짓을 굳이 하느냐는 질타가 많거든요. 그런데 또 한국인들 모두가 위안부 문제나 징용 등 일본이 제국주의 시절 조선에 저지른 문제를 비판하는 건 아니잖아요? 식민 시기 조선이 근대화로 나아갈 수 있었다고 주장하는 이들도 있다고 알고 있어요. 위안부 소녀상을 철거하라고 주장하는 이들도 있고요. 그래서 제가 일부의 비난을 들으면서도 '표현의 부자유전'을 계속하는 까닭은, 그런 행위를 하는 사람의 국적이 중요한 게 아니라 그 행위가 보편적 이성과 양심을 지닌 사람이라면 당연히 해야 할 일이라고 믿기 때문이죠. 그래서 두렵지 않죠. 아니, 두려움을 이겨 내죠."

선생이 일본에서 평화의 소녀상을 전시하고자 애쓰는 일, 그리고 신주쿠 신오쿠보역 이현수 씨의 희생에 대해 도덕적 보편성에 기반한 행위라는 나의 해석에 이의를 제기하지는 않았으나, 선생은 한 가지를 덧붙였다. 그녀는 내 얼굴을 그윽하게 바라보았다.

"왜 어떤 사람들은 위험과 고통을 감수하면서까지 진실을 찾으려 할까요? 진실을 알고 싶어 하는 것은 인간의 본능이기도 하니까요. 그래서 김은주 선생도 일본까지 오신 게 아닌가요? 저는 그렇게 봤어요. 저와 동료들이 인기가 없을 뿐 아니라 때론 끈질기고 고약하게 괴롭히는 우익 인사들의 위협에도 '표현의 부자유전'을 계속하는 까닭도 마찬가지라고 생각해요. 그렇다고 모든 사람이 진실을 알고 싶어 하지는 않죠. 어떤 사람들은 진실을 아는 것이 두려울 테니까요. 또 진실은 혼자가 아니라 다른 사람들과 공유하고 싶어 하죠. 그래야 거짓이 아닌 진실이 확산하니까요."

선생은 내가 찾고자 하는 진실이 무엇이냐고는 묻지 않았다. 시코쿠에 다녀오고, 아이치현까지 와서 그녀를 만나고, 식민 시기 조선에 살았던 일본인들의 삶을 연구하는 것을 통해 내가 찾고자 하는 진실은 무엇일까.

오카모토 유카

한국으로 돌아온 나는 그녀가 일본군 위안부 문제에 관심을 기울이는 이유에 대해 '도덕적 보편성과 진실에의 추구'라고 썼다. 그럴듯해서 나는 만족스러웠다가 무언가 부족하다는 느낌에 오래 시달렸다. 나는 모든 인간은 도덕이 아니라 자기애를 준칙으로 행위한다는, 그러므로 인간이 현실에서 도덕적일 가능성을 부정하는 칸트의 '악의 보편성'을 떠올렸다. 그런데 또 생면 부지의 일본인을 구하기 위해 철로로 뛰어들었던 이현수 씨의 행위를 도덕적 보편성이라는 명제, 칸트가 말한 선택의지의 자유 말고는 달리 설명하기 어려운 일 아닌가. 오카모토 유카 선생의 헌신에 대해서 '자기애'에 기반한 행위라고 말하는 건 근거도 빈약하고, 예의가 아닐 것이었다.

진실에 관해서는? 동굴의 어둠에 익숙해진 수인이 갑자기 강렬한 빛을 마주하는 것처럼 고통스럽게 얻은 것이어서, 그것을 다른 이들과 공유하려는 열망 또한 본능에 속한다고 나는 썼다. 부정기적으로 글을 쓰는 객원 기자에게 인색하기 짝이 없는 편집자에게서, 썩 괜찮은 글이라고, 수고 많았다는 피드백이 왔다. 출장비도 챙겨주긴 했다.

오카모토 유카 선생에게서 연락이 온 것은 2022년 12월 초순에서 중순으로 넘어가는 겨울 무렵이었다. 일본과 전쟁이라도 불사할 것처럼 뜨겁던 열기가 그 2년 사이 어딘가로 사라지고, 여름 해외 여행지 1순위로 다시 일본이 떠올랐다. 엔저 효과와 짧은 운항 거리, 저가 항공을 이용하는 편의가 일본행을 선택하는 이유라 했다. 썰렁하기만 하던 유니클로 매장에 사람들이 붐비고, 일본 자동차를 수입 판매하는 전시장도 다시 문을 열었다. 2019년 12월부터 급속도로 확산하기 시작해서 전 세계적으로 수많은 확진자와 사망자가 발생했을 뿐 아니라 일상을 정지시키다시피 했던 코로나바이러스가 2022년 가을이 지날 무렵엔 진정세에 접어든 것도 한 계기가 되긴 했다. 빗장이 풀린 듯 사람들은 보복 소비로, 그동안 억눌렸던 일상의 제한에서 빠르게 벗어나고 싶어 했다. 인천공항 출국 게이트 보안검색대 앞에 줄지어 선 이들을 뉴스 화면에서 보면서 나는 약간 우울했다. 옆방 사람의 방문에 남은 밥과 김치가 있으면 조금 줄 수 있겠느냐는 쪽지를 남겼다는, 생활고와 고독에 시달리다가 죽은 젊은 예술가의 죽음이 떠올랐기 때문이었다. 나는 어떻게 그런 시절을 견뎠을까, 무엇으로 견딜 수 있었을까, 울컥했다.

서울이라고 했다. 한겨레신문사에서 주는 '성유보 특별상'을 받게 돼서 서울에 와 있다고, 잠깐이라도 만나볼 수 있겠느냐고 그녀는 조심스럽게 물었다. 그 무렵에도 나는 글을 쓰는 일과 대학 강의에 집중하느라 일과 무관한 누군가를 만나 차 한잔 나눌 여유 없이 지내고 있었다. 자발적인 외톨이인 셈이었는데 그런 소외감이 오히려 편했다. 오랜 익숙함 때문이었다. 가을학기가 종강을 앞두고 있어서 기말시험과 성적 처리가 막바지였다. 보내야 할 원고 마감도 코앞이었다. 그때 일본에 가서 선생을 취재할 수 있었던 것은 그 시기가 마침 여름방학 때여서 가능했다. 그러나 오래전 한 차례의 만남일 뿐이었으나 선생이 내게 베푼 호의와 사려 깊은 태도를 나는 기억하고 있었다.

"선생님, 준비하시던 논문은 완성되었겠지요? 식민 시기 조선에 살았던 일본 여성들에 관한 연구랬죠, 아마? 읽어볼 기회가 있으면 좋겠어요. 그리고 청이 하나 있는데요. 김은주 선생님만 괜찮으시면 이번 기회에 함께 목포에 가보고 싶어서요."

아, 나는 드러나지 않게 탄식했다. 그녀는 목포에 대한 관심이 많았었다. 그 까닭이 고 이현수 씨의 고향이 목포여서라고 했던 기억이 떠올랐다. 그런데 사실 이현수 씨의 고향은 울산이었다. 울산에서 태어나 부산에서 자랐다는 사실을 나는 귀국 후에 알았다. 중요한 문제는 아니다 싶어서 그에게 일부러 연락해 정정할 필요는 느끼지 않았었다. 그가 일본인이든 한국인이든 그게 중요한 게 아니었듯이 목포든 부산이든 그의 고향이 본질적인 문제는 아니니까. 아닌가. 그의 고향이 울산이고 자란 곳이 부산이라면, 오랜 역사적 사실로 비추어보아 일본의 침략과 수탈의 피해를 가장 먼저 그리고 가장 많이 받았던 지역 아닌가. 그렇다면 그 지역 사람들은 일본에 대해 적개심을 내장하고 있어야 옳은가. 항상, 예외 없이. 머리가 또다시 복잡해졌다.

또 다른 문제가 있어서 나는 망설였다. 내 고향이 목포인 것도 맞고 옛날에는 어부들이 고기를 잡아 오면 인근 농민들이 보리를 가져와 서로 교환하던 유달산 아랫동네 어촌마을인 것도 사실에 가까웠다. 그러나 좀 더 정확하게 말하면 내가 청소년기를 보낸 곳은 그 동네 어귀에 있는, '행복원'이라는 이름의 보육원이었다. 고등학교를 마치고 서울로 삶의 터전을 옮긴 이후 나는 고향 근처에도 가지 않았다. 춥고 어둡고 외롭기만 한 것도 아니고, 따뜻함과 밝음과 다정함이 없지 않았으나 나는 그 모든 기억을 지우려 애썼다. 다만 3시간짜리 학부 교양과목이었던 '근대 문화유산과 지역' 과목을 강의할 때 수강생이었던 정현주와는 띄엄띄엄 연락을 주고받았다. 학부 땐 어쩔 수 없이 일문학을 공부했으나 대학원으로 진학하면서 나는 전공을 사학과로 바꿔 한국 근대사를 공부하고 학위를 받았다.

현주는 제자이긴 했으나 일곱 살 정도 차이인 데다 같은 여성이어서 크게 경계할 일은 아니었고 더구나 고향이 같았다. 태어나고 자란 동네도 같았다. 그 점에 관해서는 여러 우연이 겹치는 것을, 그냥 그렇구나, 하고 생각하기로 하자 어색하거나 불편한 느낌이 해소되기는 했다. 결국 나는 고향이나 행복원에 관한 기억을 모두

삭제한 것은 아니게 된 셈이었다.

내심으로는, 언젠가는 한 번쯤 행복원 원장이었던 다우치 지즈코 씨의 고향인 시코쿠에 다시 가보고 싶었다. 나는 1979년에 태어났고, 다우치 지즈코 씨는 1968년에 세상을 떠났다. 그녀는 내가 태어나기도 전에 세상을 떠났고, 열 살이 막 지나가고 있던 해 여름 무렵, 나는 행복원에 들어갔으므로 그녀를 보지 못했다. 한없이 부드럽고 따뜻한 성품의 여성이었다는 이야기를 전설처럼 들었을 뿐이다. 아무려나 나는 그곳 가까이 가고 싶지 않은데, 서울로 온 이후 누구에게도, 물론 정현주에게도 나는 행복원에 대해 말한 적 없는데, 목포에 가게 되면 오카모토 선생에게 자연스럽게 그 이야기를 털어놓게 되지 않을까.

그런데 오카모토 선생이 목포에 함께 가기를 요청하고 있다. 미안하지만, 이라고 답하려다 나는 급히 마음을 바꿨다. 그가 내게 베푼 호의와 사려 깊은 태도에 더해 3년 전 그의 일련의 행위를 '도덕적 보편성'이라고 썼던 내 글이 오랫동안 마음에 걸렸던 게 문득 생각났기 때문이었다.

그때 내 기사를 본 독자 몇 사람이 댓글을 달아 물었다. 오카모토 유카 씨와 같은 극소수의 일본인이 군대 위안부와 같은 악행에 대해 널리 알리려는 노력을 도덕적 보편성이라고 할 수 있다면, 그것을 부정하고 표현의 자유를 억압하는 더 많은 일본인의 행위는 무엇 때문이라고 해석할 수 있을까, 하는 질문이었다. 하물며 한국인 중에서 적지 않은 사람들이 평화의 소녀상 철거를 요구하는 것,

아예 강제 동원한 위안부는 없었다고 주장하는 것에 대해서는 무엇으로 설명 가능한가 하고 물었다. 나는 명확하게 답할 수 없어 괴로웠다. 그들은 무도덕주의자들인가, 도대체 내가 왜 도덕적이어야 하는가? 하고 반문이라도 하는 것일까. 언젠가는 반드시 해답을 찾아야 하는 숙제가 되었다. 오랫동안 논문에 더 이상의 진척을 보지 못한 연유 중 하나는 그 해답을 찾지 못한 탓도 있었다.

일본군 위안부는 그 실체가 불분명한가. 곳곳의 전장에 배속된 일본제국 병사들의 성욕 해소를 위해 치욕을 견뎌야 했던 것이 허구인가. 사실이라면 그것은 어떤 형태로든 폭력적 상황 속에서 일어난 부도덕한 일이 아닌가. 그렇다면 덮어둔다고 없던 일이 되는 것도 아니고, 그것을 드러내는 것이 상흔을 치유하는 첫걸음일 수 있지 않은가. 오카모토 선생은 그렇게 말했다. 나는 그의 말에 전적으로 동의했다. 일본 여러 도시에서 기획하고 전시한 '표현의 부자유전'은 그러므로 도덕적으로 올바른 행위다. 그런데 어떤 이들은 왜 도덕적이 아닌가. 도대체 내가 왜 도덕적이어야 하느냐고 반문하는가.

지난여름 광복절 주간에 나는, 그들이 저질렀던 부끄러운 일에 대해 부정하는 일본인들과 그에 동조하는 한국인들의 문제를 개인의 도덕 윤리에서 찾고자 했던 태도에서 벗어나 그들 주장의 근거를 따져볼 수 있는 기회가 있었다. 근대사학회에서 주관한 세미나에서 주제 발표를 했던 소장 학자의 분석은, 그동안 흐릿하고 답답했던 내 시야를 투명하고 깊게 해주었다. 그들 식민지근대화론자의 주장은, 식민 시기의 문제를 한국사 차원에서만 바라보기 때문에 식민 지배와 착취라는 이항 대립 구도로만 해석하는 오류를 범한다는 것이다. 당시는 제국주의와 식민지의 구분만 있던 시기였다, 그렇게 세계사의 차원에서 본다면 일제의 조선 지배는 세계사의 흐름에서 벗어나지 않는다는 게 저들의 논리였다.

그러한 주장은 제국주의자들의 아시아 아프리카 식민 지배를 정당화하는 논리일 뿐 아니라, 그 시기 식민지가 근대화로 나아갈 수 있었기 때문에, 식민 지배에 대해 사과할 필요 없는 일이라는 주장으로 이어지는 것이다. 문제는, 일본인들이 그렇게 주장하는 것까지는 그래도 이해할 수 있겠으나 일본제국주의의 피해 당사자인 한국인 일부가 그런 주장에 동조하는 것은 이해하지 못할 일이었다. 그런 까닭에 나는 개인의 도덕 윤리에서 문제의 근원을 찾고자 했었다. 주제 발표했던 소장 학자에게 내 생각을 솔직하게 말하고 그의 의견을 구했다.

"사람이 모두 같은 건 아니니까요", 하고 그는 이마를 찡그리면서 말했다. "그런 주장을 하는 사람들은 일제 식민 지배의 수혜를 입은 자들이거나 그들의 후손 아닐까요? 그것도 아니라면 선생님 말씀처럼 무도덕주의자들이거나, 혹은 뭔가를 주장하면서 자신의 존재를 알리고 싶어 안달이 난 사람들이겠죠. 경제적 이익을 추구하거나."

그렇다면 일제강점기 조선의 식민 지배를 둘러싼 기억 전쟁은 그 끝을 모른 채 무한 반복되겠군요, 나는 한숨을 내쉬었다. 더구나 식민 지배의 어두운 역사에서 간과할 수 없는 것이 일본제국주의자들과 선명하게 맞섰던 이들이 대체로 공산주의자들이었다는 점이다. 해방 이후 친일 부역자들이 단죄받기는커녕 오히려 사회 모든 영역의 주류로 자리 잡으면서 공산주의는 용납할 수 없는 이데올로기가 되었다. 한국전쟁이 그러한 대립을 더욱 굳게 하는 데 결정적 역할을 한 것은 두말할 필요 없는 사실이다. 지금 일본제국주의자들이 저질렀던 역사적 잘못을 상기하는 이들은 자칫 공산주의를 용인하는 것으로 공격받고 있다. 그런데, 지치지 않고 망각의 역사에 저항하고 있는 일본의 한 여성이 지금 서울에 와 있다고, 나와 함께 식민자의 도시 목포에 함께 가보기를 청하고 있는 것이었다.

안내해드리겠다는 답을 듣고 선생은 연거푸 고맙다는 인사를 했다. 선생은 서울에서 며칠 묵을 예정이어서 이틀 후 주말 점심 무렵 서울역에서 만나기로 하고 통화를 끝낸 나는 한겨레신문사에서 주는 '성유보 특별상'을 검색했다.

성유보 특별상은 한겨레신문 창간편집위원장을 지낸 언론인 고 성유보 선생을 기념하기 위해 제정되어, 1999년부터 해마다 언론 개혁과 시민 언론운동 발전에 공을 세운 개인이나 단체가 수상해왔다. 오카모토 선생은 2022년에 외국인으로서는 처음 이 상을 받은 것으로, 일본에서 오랫동안 '표현의 부자유전'을 기획하고 전시해온 공을 인정받았다고 했다. 오카모토 선생의 직함은 '표현의 부자유전 도쿄 실행위원회 공동대표'로 되어 있었다.

'표현의 부자유전'은 일본군 위안부 피해자를 상징하는 평화의 소녀상뿐 아니라 천황제, 후쿠시마 원전 폭발 사고 등 일본 사회가 불편해하는 주제를 전면에 내세운 기획으로, 일본 우익들의 거친 공격과 방해를 연거푸 받으면서도 꾸준하게 전시를 이어가고 있었다.

버려진 사람들

오카모토 선생은 3년 전의 모습에서 조금도 변하지 않은 부드럽고 다정다감한 표정으로 얼굴 가득 미소를 머금고 있었다. 주말에 서울이나 용산에서 광주나 목포를 왕복하는 호남선 고속열차표를 구하기는 쉬운 일이 아니었다. 오랫동안 고향에 가지 않았으므로 나는 그것을 미처 알지 못했다. 예매를 해두지 못한 게 낭패였는데, 먼 길이어서 차를 가져오지 않은 것을 나는 후회했다. 선생은 개의치 않고 다른 방도를 찾아보자고 했다.

우리는 강남고속버스터미널로 이동했다. 센트럴시티에서 늦은 점심을 먹었다. 나고야에서 선생과 함께 먹었던 장어덮밥이 생각나서 히쓰마부시와 비슷한 음식이 있는지 한참을 찾다가 바다 장어덮밥과 민물 장어덮밥을 포장해서 파는 곳을 찾았다. 나는 바다 장어덮밥을 주문했다. 후쿠시마 원자력발전소의 폭발과 핵 오염수 방류가 머리를 스쳐 갔으나 오카모토 선생에게 행여라도 작은 상처를 줄지도 모르겠다 싶어 언급하지 않았다. 선생은 환하게 미소를 지었다. 고 이현수 씨의 고향이 목포가 아니라 울산이라고 조심스럽게 말해주었더니 아, 그렇군요. 하고 잠시 생각에 잠기더니 상관없다고, 목포에 가보고 싶었다고 고개를 끄덕였다. 렌터카를 빌렸다. 목포에 가서도 이동을 위해서는 차가 편리하겠다고 생각해서였다.

식민지 조선에 살았던 일본인들의 삶에 관한 논문은 진즉 완성되었겠다고, 오카모토 선생이 물었다. 나는 좀 애매하게 웃었는데, 그게 한두 가지 문제로 게재가 보류된 채 있었기 때문이었다. 무슨 문제가 있었느냐는 질문에 다시 생각해보았다.

논문에 무슨 문제가 있었을까. 기존의 연구와 내 연구의 차별점, 그러니까 새로운 발견이 뭐냐 하는 것이 문제라면 문제였다. 무엇보다 식민지 조선의 남성들과 결혼한 일본인 여성들의 그 후 서사를 뒷받침할 자료가 충분하지 않았다. 한국인 남성과 결혼해서 조선에 온 일본인 여성들 대부분은 부모의 결혼 승낙을 얻지 않고 결혼과 조선행을 감행한 사람들이었다. 그 연유가 무엇이었을까. 쉽지 않은 선택의 근원에 자리한 강력한 동기가 무엇이었을까. 오카모토 선생과 같은 이들의 행위를 도덕적 보편성이라고 간단하게 규정하는 것의 무모함 못지않게, 저 여성들의 선택을 사랑이라는 단일한 감정에만 귀속시키는 건 아무래도 설득력이 부족했다.

내 근원적 질문은 일본 여성인 행복원 원장 다우치 지즈코 씨가 굳이 버려진 조선의 아이들을 거두는 일에 평생을 바친 강력한 동기가 대체 무엇이었을까 하는 것이었다. 그 두 가지 문제는 결국 맞

물려 있는 셈이었다. 나는 서두르지 않았으나 연구재단의 지원을 받아놓고도 완성을 보지 못한 부담이 컸다. 과제 마감일이 지나갔고, 그래도 논문을 완성해서 저널에 게재해야 할 텐데 하는 초조감 탓으로 불편한 날들이 지속되고 있었다.

오카모토 선생에게 나는 며칠 전 보았던 영상 자료에 관한 이야기로 화제를 돌렸다. 겨울이어도 주말이라 도로는 정체가 심했다. 다행히 눈이 내리거나 길이 얼어 있지 않았다.

편집위원으로 참여하고 있는 계간지 봄호 특집에 나는 '버려진 사람들'에 관한 글을 쓸 요량이었다. 나는 유달산 아랫동네 가난한 어촌마을과 행복원으로 불리는 보육원의 기억으로부터 멀어지고 싶었으나 어찌 된 일인지 그 기억에 사로잡혀 있는 것을 발견하곤 소스라치게 놀라곤 한다. 마감이 가까이 있는 원고를 쓰기 위한 자료를 찾다가 마침 EBS에서 〈버려진 아이들〉이라는 제목의 오래전 다큐멘터리를 보았다.

윤석준 선생이 『내일을 여는 역사』에 발표한 글, 「잊혀진 아이들을 기억하기」를 바탕으로 제작한 영상이었다. 채널을 돌리고 싶은 마음과 그 아이들은 그래서 어떻게 된 것일까, 오만가지 상념에 사로잡힌 채, 나는 화면을 응시했다. 퇴근 후 집에 들어오는 길에 평소 단지 안에서 가끔 보는 길고양이 한 마리가 나를 뒤쫓아 오다가 내가 냉담한 표정을 짓자 그대로 걸음을 멈추던 일이 마음에 걸리기도 해서 더욱 그랬다. 고양이가 문제가 아니라, 나는 나를 종종 잊고 산다. 그렇게 해야 살 수 있다는 것을 누가 가르쳐주지 않아도 안다는 게 가끔 신기할 때가 있다. 검은색의 지저분한 털을 가진 고양이는 눈곱이 끼고 입에서는 침을 흘리고 있었는데, 가끔 먹을 것을 주거나 눈을 마주 보곤 해서 그 아이가 내 얼굴을 익혀두었는지는 모르겠다. 그래도 길고양이를 가끔 바라보는 것과 그 아이를 집에 데려와 돌보는 일은 차원이 전혀 다른 문제였다.

나는 아이를 낳고 아이들을 끊임없이 돌보아야 하는 일에 흥미가 없어서 혼자 살아가고 있고, 그게 너무나 익숙해져서 어딘가 멀리 있는 장소의 세미나에 가게 돼서 다른 이들과 같은 공간에서 함께 잠드는 일이 생기기라도 하는 날엔 작게 코를 골거나 몸을 뒤척이는 소리마저 견디기 힘들어하는 사람이다. 더구나 잠시라도 타인과 화장실을 함께 쓰는 일이란 상상만으로도 끔찍하게 여기는 사람이다. 길고양이라니.

"저는 고양이 세 마리를 키운답니다."

오카모토 선생이 미소 지으며, 아, 저도 결혼하지 않은 탓에 집에 들어가면 누군가 돌보는 이가 있는 게 좋겠다는 생각이 언젠가부터 들어서요, 라고 말해서 나는 그에게 까탈스러운 성격의 사람으로 보였겠구나, 목포에 함께 가는 일이 여러 불편을 가져오겠구나, 예감했다. 열다섯 정도의 나이 차가 있어도 같은 여성이었고 무엇보다 다정다감한 성품에 매료되긴 했으나 나는 곧 후회했다. 누구라도 곁을 주지 않는 것이 내 평생의 원칙인데, 그만 깜박했지만 이제 와 물릴 방법도 없지 않은가. 정현주와 드물게 통화를 하거나 차를 마실 때도 그랬는데, 나는 가끔 나도 모르게 내 몸이 경직되는 것을 느낀 듯 오카모토 씨가 자세를 바로했다. 예민한 사람이었다.

"그냥 편하게 한 말인데 괜한 신경 쓰이게 했군요. 미안해요, 김 선생. 계속 그 이야기를 듣고 싶군요."

다큐멘터리는 한국전쟁 때 동유럽으로 갔다가 다시 북한으로 돌아와야 했던 전쟁고아들에 관한 이야기였다. 오카모토 선생은 내 이야기에 귀를 기울이느라 다시 내 쪽으로 몸을 기울였다. 얼그레이의 베르가못 향이 은은했다. 운전에 집중하느라 나는 띄엄띄엄 이야기를 이어갔고, 선생은 고개를 끄덕거리거나 짧은 한숨을 내쉬며 내 이야기를 들었다. 고속도로는 정체가 풀렸다가 심해지곤 해서 시간이 오래 걸렸다. 어쩌자고 차를 운전해서 그 먼 길을 다녀오겠다고 한 것인지 잠시 후회가 들기도 했다. 피곤했다.

지구상 곳곳에서 크고 작은 전쟁이 길거나 짧게 항상 있는 일이 되어서인지 텔레비전 화면을 가득 채우고 있는 전쟁의 황폐함이 그다지 실감 나지 않은 지 오래되었다. 가끔 내가 저 환경 저 상황 속에 있지 않은 것이 그나마 다행이라는 생각이 종종 들었을 뿐이다. 오히려 교통사고 전문 변호사로 이름을 알린 어떤 이가 블랙박스에 찍힌 사고 영상을 재생하면서 부주의하거나 서툰 운전으로 누군가의 차와 부딪히거나 사람을 상하게 하는 경우가 더 실감이 났다. 출연한 아이돌 출신 가수나 연예인들이 역주행하는 차를 보고 놀라는 표정을 짓거나 급발진으로 보이는 사고를 보면서 안타까운 소리를 내지를 때, 나도 거의 매번 같이 놀라거나 안타까워했다. 블랙박스를 통해 재생되는 교통사고 현장을 보고 있으면 밤의 고속도로를 운전하는 일이 얼마나 위험한가를 새삼 깨달으면서 최근엔 먼 지방까지 강의를 나가지 않아도 되는 상황에 안도하기도 했다. 지난해 봄학기부터 나는 조교수로 임용되었던 참이다.

내가 태어나기도 전인 한국전쟁이란 그러나 우리 가족에겐 비극의 시작점이었다. 아버지는 전쟁이 한창이던 1951년에 태어났다. 가난하지만 성실한 어부였다. 그런데 1980년 가을 아버지를 태운 고깃배가 북방한계선 근처에서 납북되고 말았다. 모두 여섯 사람이었다고 했다. 그해 봄엔 광주에서 끔찍한 일이 일어났고 목포에도 여파가 작지 않았다고 했으나, 나는 그때 세상에 나온 지 겨우 두 해쯤 되는 젖먹이에 지나지 않았다.

가을에 서해에서는 꽃게와 전어와 먹갈치가 많이 잡혔다. 그런데 목포에서 굳이 백령도 근처 북방한계선까지 조업하러 간 까닭에 대해 어머니가 말할 수 있는 것이 없었다. 짐작하자면, 고기를 더 많이 잡겠다는 바람이지 않았을까. 그것 말고 다른 까닭이 무엇이겠는가. 그 전해에 나를 낳아 신혼이나 마찬가지인 사람이 가족을 두고 월북할 까닭이 없지 않은가. 같은 고깃배를 타고 있던 다른 어부들도 마찬가지였다.

그러나 당국의 생각은 달랐던 모양이다. 어머니는 오랫동안 갇힌 채 모진 고문을 받은 듯 만신창이가 되어 집으로 돌아왔다. 실성한 듯 눈이 휑했고 말이 없었다. 물론 그때 겨우 두 살 때인 내가 그 모든 일을 또렷하게 기억하는 것은 아니다. 오랜 시간이 흘러 사물을 분별할 수 있었을 때 재생된 기억은 흐릿하면서도 틀림없는 사실처럼 여겨졌다. 아버지는 월북한 어부로 낙인찍혔다. 할아버지가 한국전쟁 당시 지방 좌익으로 활동하다가 체포를 피해 월북한 사실이 밝혀지면서 아버지의 월경이 자발적인 월북으로 규정된 탓이었다. 좌익이었거나 아니거나 월북했거나 아니거나 한 번도 얼굴을 보지 못한 할아버지와 겨우 두 살 때여서 얼굴도 흐릿한 아버지 탓에 나는 빨갱이 집안의 아이가 되었다.

1988년 가을에 서울에서는 올림픽대회가 열렸다. 9월 17일부터 10월 2일 폐막 때까지 온 나라가 떠들썩할 때, 어느 날 홀연히 아버지가 돌아왔다. 학교에서 돌아와 마루에 걸쳐 앉은 남루한 차림의 사내를 본 순간 직감적으로 나는 그가 내 아버지라는 생각이 들었다. 아버지가 나를 품에 안고 숨죽여 울 때 나는, 반가웠을까, 무섬증이 들었을까, 둘 다였을까.

하룻밤을 보내지 못하고 아버지는 잡혀갔다. 북으로 갔을 때 생사불명인 할아버지 대신 최동혁이라는 사람을 만났다고 했다. 고하도를 벗어나서 행복원으로 왔던, 한국전쟁 따 인민군으로 내려왔다던 사람이었다. 아버지는 이제 영락없는 간첩이 되고 말았다. 무기징역을 선고받았는데, 이름 모를 병이 깊어 두 해 지나 석방되었다. 집으로 돌아온 아버지는 몰라보게 야위었고 특히 눈이 물고기의 그것처럼 초점이 전혀 없었다. 왼쪽 옆구리에서 누렇고 걸쭉한 고름이 연거푸 흘러나왔는데 며칠 지나지 않아서 숨을 거두었다. 늦은 저녁, 아아, 하는 엄마의 절규를 듣고 나는 아버지가 마침

내 세상을 떠난 것을 짐작했다. 세상에나. 아버지의 몸, 구멍이 있
는 모든 곳, 두 눈과 두 귀와 콧속과 입에서 엄청나게 많은 구더기
가 꾸역꾸역 기어 나오고 있었다. 이듬해엔 집에 원인 모를 불이 나
서 어머니마저 세상을 떠났다. 나는 이웃 어른들의 주선으로 행복
원에 들어갔다. 고등학교를 마칠 때까지 행복원에서 살았다. 과거
의 모든 기억을 나는 지울 수 있기만을 바라고 살았다. 전쟁고아는
아니지만, 그들은 그들 나름의 고통을 겪었겠지만, 나는 누구에게
도 말할 수 없는 비밀을 간직한 채 많은 시간을 흘려보내야 했다.
연좌제로 하는 일마다 막히기도 했다.

　옆자리의 오카모토 선생을 바라보았다. 내 비밀에 대해서는 말
하지 않았다. 다만 전쟁고아들에 대해서는 그가 흥미를 보였으므
로 말을 이어갔다. 내 이야기가 아니어서 다행이라는 생각이 들기
도 했다. 아무리 비극적인 이야기라도 내 이야기가 아니라면 말하
거나 듣는 데 큰 불편이 없는 게 또 얼마나 다행인가 싶었다.

　전쟁 기간에 남한과 북한에는 각각 5만여 명에 이르는 전쟁고
아들이 생겼는데, 남쪽 아이들 상당수는 홀트아동복지회 등을 통
해 유럽과 미국 등지로 보내졌다. 이따금 다행스럽게도 잘 자란 그
때의·아이들을 부모로 둔 2세나 3세가 드물게 부모의 나라에 찾아
오거나 미국 의회에서 의원으로 선출되었다는 기사를 본 적이 있었
으나 북쪽의 경우는 한 번도 상상하지 못했던 터였다. 북한에도 전
쟁고아가 있을 것이라는 상상은 도무지 해본 적이 없어서 나는 텔

레비전 화면에 집중하고 있었다.

전쟁통에 부모를 잃은 수많은 아이가 제대로 된 보살핌의 손길도 없이 배곯아가면서, 특히 유아들은 기저귀도 제때 못 갈아가면서, 시베리아 동토의 땅을 가로질러 낯선 이국땅을 향해 가던 장면을 상상하는 일은 여러모로 쉬운 노릇이 아니었다. 아이들은 시베리아 횡단 철도를 타고 중국과 몽골과 러시아를 거쳐 루마니아, 폴란드, 불가리아, 헝가리, 체코슬로바키아, 동독 등 동유럽 국가들로 보내졌다. 1951년부터 1954년까지 총 1만여 명의 북한 전쟁고아들이 북한 교사의 인솔하에 100명에서 400명 단위로 이동했다. 동유럽 몇 나라가 북한 전쟁고아를 받아들인 까닭에 대해 단순히 인도주의적 차원이라기보다는 한국전쟁 전후 시기에 동유럽과 북한이 서로를 사회주의 형제국으로 규정하던 냉전적 맥락에서 바라보는 것이 타당하다는 설명을 덧붙이고 있었다. 그나마 다행이라는 생각이 든 까닭은 북한을 지원하는 나라가 중국이나 러시아 정도밖에 없을 것이라 여긴 때문이었다. 무엇보다 전쟁통에 버려진 아이들을 맞아 돌보아주는 나라가 있었다는 사실이 다행이기는 했다.

아이들을 인솔해서 함께 간 북한 교사들은 동유럽 국가들에 체류하며 현지 교사들과 함께 북한 전쟁고아들을 코살피게 된다. 남한의 경우에는 홀트아동복지회나 선교회 등을 통했더라도 아마 개별적인 입양이 주된 방식일 것이어서 북한의 경우처럼 인솔한 교사들이 존재하지는 않았을 것이다. 그것도 특이하기는 했다. 전쟁 중에도 아이들을 위한 배려를 할 만큼의 여유가 있었을까 싶기도 했다. 동유럽 국가 중에서도 루마니아와 폴란드가 가장 많은 북한 전쟁고아를 수용했다. 아이들은 대도시보다는 대부분 지방의 한적한 소도시 혹은 마을에 마련된 별도의 기숙학교에서 생활했다. 점차 생활이 익숙해지면서 아이들은 그들을 돌보는 교사나 직원들을 부모처럼 따랐다고 했다. 그랬을 것이다. 나도 어렸을 때 그랬던가. 행복원에서 우리를 보살피던 선생님을 부를 때 우리는 원장님이라고 했던가, 엄마라고 불렀던가, 기억이 희미하다. 혹여 엄마라고 불렀을지라도 엄마가 아닌 것을 모르지는 않았을 것이다. 어쨌든 동유럽 여러 나라로 간 아이들이 점차 자라면서 현지 아이들과 친밀한 감정을 나누기도 하고 연인이 되는 경우도 생겼다. 아이들을 인솔해 갔던 교사들도 그러했는데, 그것은 무척 자연스러운 일이었을 것이다.

문제는 그다음이었다. 동유럽에 왔던 약 1만 명의 북한 전쟁고아들이 1956년부터 1961년까지 순차적으로 모두 귀국해야만 했다는 것이다. 북한 당국은 여러 필요에 따라, 전후 복구를 위한 노동력이 필요했거나 사회주의 국가들이라고는 해도 북유럽 국가들에서 익히게 될 민주주의적 사고에 대한 두려움이거나 아무튼 그들에게 귀국 명령을 내렸다. 5여 년 동안 새로운 환경에 겨우 적응해 가던 아이들에게는 또 다른 이별을 강제한 사건이었다. 가장 비극적인 일들은 동유럽 연인들과 사랑에 빠져 결혼하거나 아이를 낳은 북한 전쟁고아들이나 이들의 인솔 교사들이었다. 다큐는 그중의

한 사람, 북한 전쟁고아를 인솔하고 왔던 북한 고사였던 남편과 평생을 이산가족으로 살아가고 있는 루마니아 여성 조르제타 미르초유 씨의 사연을 다루고 있었다.

미르초유 씨는 1952년 루마니아에 북한 전쟁고아를 인솔해서 온 교사 조정호 씨와 사랑에 빠져 5년간의 연애를 했다. 당시에는 처음으로 양국 당국의 허락을 받아 1957년에 정식 결혼을 하게 된 경우였다. 그녀는 북한 전쟁고아들이 본격적으로 귀국했던 1960년에 남편과 함께 북한으로 이주했다. 사정이 다트기는 하지만 일제강점기 조선인 청년과 결혼해서 남편의 고향에 왔던 일본인 여성들이 생각났다. 부모의 축복은커녕 허락받지 못했던 결혼, 이등 국민 조선인과 결혼한다는 비웃음을 들으며 조선에 왔던 일본인 여성들은 남편의 고향에서 대접받지 못한다. 남편의 고향 식구들은 놀랄 만큼 가난했고, 이미 처자가 있기도 했고, 일본인이라는 이유만으로 학대를 견뎌야 했다. 스스로 선택한 결혼이었으므로 달리 하소연할 데도 없었다. 남편들은 무책임하거나 폭력적이었다. 그들 중 일부는 조선이 해방된 이후에도 고향으로 돌아가지 못했다. 귀국선이 끊긴 탓이었다.

미르초유 씨와 같은 동유럽의 여성들은 어땠을까. 북한은 전쟁의 폐허를 충분히 극복하지 못한 상태였을 텐데, 무엇보다 전쟁고아여서 그들을 따뜻하게 맞아줄 가족이란 없었을 텐데, 그것을 알고는 있었고 스스로 선택한 일이었으니 감내할 만했을까. 그녀는 1962년에 잠시 고국인 루마니아에 다니러 갔다가 북한 당국으로부터 재입국 허가를 받지 못해 남편과 재회하지 못했다고 했다. 현재까지도 60년 이상의 세월 동안 북한에 있는 남편 조정호 씨와 재회할 날을 기약하며 북한에 가지 못하고 루마니아에서 살아가고 있다는 것이었다.

살아갈 날이 얼마 남지 않은 그녀의 주름진 얼굴에는 오랜 세월이 흘렀어도 아직 잊지 못한 남편을 그리워하는 마음이 짙게 드리우고 있었다. 다큐멘터리는 자칫, 북한 체제의 폐쇄성이 개인의 기본적인 자유를 박탈하고 억압하고 있다는 것으로 보일 염려가 없지 않았으나 그 또한 사실일 것이기도 해서 씁쓸함을 남겼다. 굳이 재입국을 허락하지 않고 사랑하는 이들을 만나지 못하게 한 까닭이 무엇이었을까.

"버려진 아이들은 어디에나 있지요. 김은주 선생 이야기를 들으면서, 태평양전쟁 때 위안부로 끌려갔던 소녀들도 사실은 버려진 사람들이라는 생각이 줄곧 들었답니다. 그들 중 살아서 돌아온 이들은 많지 않아요. 돌아와서도 오염된 신체라는 비난이 두려워 스스로 유폐하다시피 드러내지 않고 숨죽이며 살아온 이들이 대다수고요. 저는 그러한 비극의 책임까지는 아니더라도 진실만은 드러내자, 그런 생각을 오랫동안 해왔어요. '표현의 부자유전' 기획 전시는 그런 생각에 동의하는 동료들의 결실이고요."

"왜 책임을 묻는 데까지 나아가지 않는 건데요?"

나의 질문에 선생은 당황한 기색이 역력했다.

"마루야마 마사오(丸山眞男) 씨가 '무책임의 체계'라고 비판했던, 전후 일본에서 전쟁에 대한 책임을 일왕을 비롯한 누구에게도 지우지 않았던, 수백만의 무고한 목숨을 죽음과 고통의 지옥으로 몰아넣고도 제대로 된 책임을 지지 않았던 전후 일본의 무책임에 대해서는요? 역사적 사건의 진실을 밝힌다는 것에는 그 책임을 묻는 일까지 포함되어야 희생자들에 대한 애도와 위로는 물론 비로소 정의가 실현된다고 저는 봅니다만."

그렇게까지 할 마음은 없었으나 평소의 생각이 말이 되어 나왔다. 그래도 상대와 시기에 따라 할 말을 골라야 한다는 것을 모르지 않았다. 굳이 그런 말을 해야 할 필요가 있었을까, 나는 곧 후회했다. 일본 우익들에게 위협과 비난과 모욕을 받으면서도 위안부 문제를 공론화해온 오카모토 선생에게 예의가 아닌 것은 분명했다. 나는 곧 사과했다.

"선생님께 하고자 한 말은 아니었는데 그게 어쩌다……."

나는 버려진 아이는 아니었지만 내 부모의 죽음과 내가 감당해야 했던 고통에 대해서는 국가가 사과해야 하지 않을까, 오랫동안 그런 생각을 했지만, 단 한 번도 생각을 실천으로 연결하지 못했었다. 세상이 달라졌다고는 해도 내게 붙여진 월북 어부의 가족, 간첩의 딸, 빨갱이 딸이라는 엄혹한 굴레가 쉽게 벗겨질 리 없다고 생각한 탓이었다. 나는 서울에 올라온 이래 그 누구에게도 나의 신원에 대해 말한 적이 없다. 대학원 시절 약간의 기간 연애 비슷한 것을 했는데, 상대가 노동자들의 시위 때문에 지하철이 제 시각에 도착하지 않는 것을 두고 그들을 빨갱이들이라고 비난하는 것을 듣고서 그 자리에서 그와 절연했다. 정당한 노동의 가치를 요구하는 노동자들의 시위를 두고도 빨갱이들이라고 눈을 흘기는 이들이 많았다. 까닭을 알지 못한 채 깊은 바다에서 죽어간 수백 명의 아이들을 기억하는 집회에도, 태평양전쟁 시기 일본군 위안부로 끌려갔던 여성들을 기리는 집회를 두고도 빨갱이들이라고 손가락질하는 이들이 적지 않았다. 상대는, 영문을 몰라서 당황해하는 눈치였지만 사실이든 아니든 내가 월북 어부의 딸이었다는 사실을 알게 될 때 그의 반응을 짐작하기란 어려운 일이 아니었다. 무의식중에 책임이라든가 애도라든가 정의의 실현이라는 말이 튀어나온 까닭은 그런 때문이었을 것이다.

선생은 예의 그 부드러운 미소를 되찾은 듯했다. 다행이었다. 그러나 이미 불필요한 상처가 생겼다는 것을 인정해야 했다. 목소리에서 온기가 사라진 건 아니었으나 무언가 단단한 느낌이었다.

"매우 중요한 말씀을 했어요. 왜 책임을 묻는 데까지 나아가지 않느냐? 저도 사실은 그렇게 하고 싶어요. 그런데 잘 아시다시피 우리는 현실을 완전히 무시하면서 어떤 운동을 해나갈 수는 없어요. 대중의 지지를 받아야 올바른 일을 계속 추진하는 힘이 되기도 하고요. 일본에서 우익 세력만 그런 게 아니라 평화의 소녀상을 전시하는 일에 그렇게 많은 지지가 있는 건 아니거든요. 긴 호흡을 갖고 일해요, 우리는."

2

어쩔 수 없다는 말

목포

목포에서 전화가 왔다. 저장해두지 않은 번호여서 받지 않으려 했으나 벌써 세 번째 전화였다. 그는 사진 작업을 하는 이준영이라고 자신을 소개했다. 처음에 현주는 누구시라고요? 하고 되묻다가, 목포에서…… 라는 말에 아, 네, 하고 고개를 끄덕였다. 만나본 적은 없었으나 이야기는 들어 알고 있는 사람이었다. 현주가 버려둔 옛집을 빌려 작업실로 사용하고 있는 예술가 중 한 사람이었다. 게다가 현주는 기억에 없으나 그는 고등학교 시절 잠시 활동했던 역사 공부 동아리의 일원이었다고 들었다. 현주는 내색하지 않고, 무슨 일이냐고 건조하게 물었다.

처음엔 망설이는 기색이었으나 이내 정현주 씨도 재개발에 동의하느냐고, 그런 사정을 전혀 예측할 수 없었던 우리는, 지난 삼년 동안 우리가 가진 것 모두를 투자해서 다져놓은 이 작업 공간들은 그럼 어떻게 되느냐고 물었다. 현주 씨라는 호칭이 어색하고 신경 쓰여 잠자코 있다가, 주말에 내려가서 이야기하자고 전화를 끊었다. 어떻게 될지는 나도 잘 모르겠다는 말은 입 밖으로 내지 않았다.

목포는 일제가 조선의 수탈을 목적으로 개설한 호남선 열차의 종착지다. 서울에서 목포까지 고속열차로는 대략 두 시간 30분가량 걸린다. 예전에 비하면, 무엇보다 다른 종류의 열차와 비교하면, 놀랄 만큼 빨라졌고 객실도 깨끗하다. 아쉬운 점이 없는 것은 아닌데, 처음 도입 당시보다는 아주 약간 넓어지긴 했으나 좌석이 여전히 비좁다는 것이다. 고속으로 달려야 하는 까닭에 열차의 폭을 작게 만들어야 했을까? 그러다 보니 의자의 너비도 작게 설계할 수밖에 없었을까?

가끔 고속열차를 탈 때마다 현주는 그런 의문이 들었다. 어쩌면 그것을 이용하는 사람에 대한 고려보다 좌석 수를 최대한 늘려야 하는 경제적 필요가 우선이었을지도 모른다. 비행기의 비좁은 좌석과 주차 공간의 협소한 구획과 초고층 아파트의 건축은 모두 경제 논리를 떠나 이해할 수 없는 노릇이니까.

태풍이 한바탕 지나간 여름날의 저녁 시간이어서 습도가 높았다. 옆에 앉은 낯선 이에게 신경 쓰고 싶지 않아 현주는 특실 좌석을 예약했다. 물론 비용은 훨씬 더 많이 치러야 한다. 무엇이거나 선택을 할 때는 그만한 대가를 지불해야 하고, 또 그것이 세상의 이치라는 것을 받아들이지 않을 도리가 없으니, 현주는 그것에 큰 불만은 없다.

현주는 역사 안에 있는 식당가에서 서두르지 않고 저녁을 먹고,

화이트 블라우스에 물이 튀지 않도록 조심스럽게 양치를 한 다음 머리를 매만지고 나서, 아이스 커피를 한잔 사 들고 천천히 기차에 올랐다.

개항 직후에는 부산의 부두 노동자들이, 나중에는 인근 지역의 농민들이 도시 노동자가 되기 위해 목포로 몰려들었다. 그녀의 증조부는 스무 살 무렵부터 평생을 부두 노동자로 일했다고 들었다. 어쩌면 일본으로 가는 화물선으로 쌀가마니를 옮겨 싣는 일을 날마다 했을 것이다. 배를 곯으며, 임금도 제대로 받지 못한 채…….

상상만으로도 마음이 아팠다. 그러나 너무도 오래전의 일이어서 현주에겐 그런 일들이 도무지 비현실적인 느낌이다. 사실은 충분하게는 잘 알지 못하고, 더구나 자신이 존재하지 않았던 백 년 전의 일들이 현재에도 종종 여전히 문제가 되고 있다는 게 현주는 마땅치 않았다. 일본 요코하마에서 열릴 예정이던 한일 현대건축 교류전이 올해는 취소되었고, 오랫동안 준비해왔던 프로젝트도 무산되었다. 겉으로는 무역 분쟁이었으나 속내는 역사에 관해 여전한 앙금 탓이었다. 조만간 두 나라 사이에 전쟁이라도 일어날 것 같은 격앙된 분위기가 그렇지 않아도 무덥고 습해서 몸이 녹아내릴 것만 같은 여름 내내 이어지고 있었다. 자신과 직접적으로 무관한 오래전 일이 어느 날 자신과 무관하지 않은 일이 되어버린 그 느닷없음에 현주는 할 말을 잃었다. 모든 게 귀찮았다. 게다가 쓰러져가고 있는 오래된 마을을 재개발이거나 재건축한다는데 그것에 동의하느냐 아니냐를 따지는 번거로움이라니, 마땅치 않았다.

고속열차가 어둠이 내린 역사를 매끄럽게 빠져나가는 것을 느끼며 현주는 가만 눈을 감는다. 도착하면 어차피 늦은 밤일 것이어서, 예약해둔 호텔에서 하룻밤을 묵고 일은 다음 날 처리하면 될 것이었다.

다영은 오랜만에 고향에 오는 현주가 이번에도 자신의 집이 아닌 호텔에서 묵겠다고 했을 때, 얼마간 섭섭한 마음이 들었다. 그렇다고 내색하지는 않았다. 본래 현주는 구불구불한 골목길의 낡고 오래된 옛집들을 좋아하지 않았다. 어쩌다 고향에 와서 마을을 둘러볼 때마다 그녀는 곧잘 "이런 낡고 오래된 집을 아이들이 좋아할까?" 하면서 고개를 젓곤 했다.

"하긴 너나 나나 아이들이 있는 게 아니니까 현실의 고민은 아니지만……." 현주는 그렇게 말끝을 흐렸다가도, 사람이 거주하는 공간은 편리하고 쾌적할 것이 요구된다고, 우리는 그런 환경에서 살 권리가 있다고 단호하게 말하곤 해서 다영은 "그래, 알았어, 알았어." 하고 웃곤 했었다.

다영은 오래된 집 그대로의 정취와 삶의 흔적을 좋아했으나, 현주는 생활에 편리하고 세련된 감각의 주거 공간을 선호했다. 그래서만은 아닐 테지만 다영은 고향에 남았고, 오래전에 현주는 빈집을 남기고 서울로 떠났다.

오래된 마을의 낡은 집이라고 현주가 하룻밤 묵고 갈 정갈한 빈방이 없는 것은 아니었고, 오랜 친구 사이인 현주도 그것을 모르

지 않았다. 하긴 다영의 집에는 넓고 깨끗한 욕조와 쾌적한 화장실
이 없다. 게다가 연전에 홀로된 탓에 몰라보게 말수가 줄어든 어머
니가 계셨다. 현주를 보면 필경, 너희들은 왜 여태 시집도 안 가느
냐고 혀를 찰 것이었다. 현주는 특히나 그런 말 듣는 걸 끔찍하게도
싫어했다. 내 일은 내가 알아서 할 거라는 말을 어찌나 쌀쌀맞게 하
는지, 말을 건넨 사람이나 지켜보는 사람이나 한참을 무안해할 정
도였다. 아무려나 하룻밤이라지만 가족이 아닌 다른 사람을 들인
다는 건 피차 불편한 일이긴 할 것이었다.

다영이 사는 곳은 목포의 오래된 마을 중 하나다. 도심 안에 있
는 어촌마을로, 옛날에는 어부들이 고기를 잡아 오면 인근 농민들
이 보리를 가져와 서로 교환하던 곳이었다. 햇볕에 보리를 널어 말
리던 보리 마당이 있었고, 구불구불한 골목길에 다닥다닥 붙은 집
들에서 사람들은 좋거나 싫거나 서로 이웃해 살았다. 그러나 이 지
역이 옆 동네와 함께 재개발 예정 지역으로 고시된 일 년 전부터 오
랫동안 이웃해 살았던 사람들의 반목이 점차 심해지고 있었다.

현주네 집은 오래전부터 아무도 살지 않은 빈집이어서, 근처의
비어 있는 집 여러 채와 함께 삼 년 전에 지역의 젊은 예술가들에게
작업실로 내주었다. 사진을 찍거나 그림을 그리거나 조각이나 공
예 작업을 하는 이들이 하나둘 모여서 비어 있는 낡은 집들을 깔끔
하게 수리한 다음 공방과 교육 공간으로 활용하고 있었다. 삼백여
가구가 사는 마을의 초입에 있는 집은 예쁜 카페로 만들어 그들 자
신의 사랑방으로 쓰기도 했고, 마을 사람들과 관광객들에게는 좋

은 차를 싸게 팔았다. 팔기보다는 대접한다는 표현이 어울릴 것이었다. 마을이 활기로 되살아나는 것처럼 보였다.

그런 작업을 다영이 도맡아 했다. 오래 비어 있었으나 그것을 사겠다고 나서는 이도 없어 방치되다시피 한 현주네 집의 관리도 다영이 맡아서 했다. 그런 일들이 처음부터 다영의 아이디어는 아니었다. 사진을 찍고 다큐를 만드는 준영이 빈집들을 활용해서 작업 공간으로 꾸며보자고 제안했고, 오랜 궁리 끝에 다영은 마을을 위해 어쩌면 좋은 기회일 수도 있겠다고 생각했다.

언젠가 현주에게, 너는 공공도서관 그런 것도 설계할 줄 아니? 하고 물었던 것도 준영의 제안을 받고 나서의 일이었다.

현주는 고향에 왔으나 태어나서 자란 곳인 고향이라는 단어가 주는 아련한 느낌이 거의 없다. 고등학교를 졸업하고 서울로 유학가 자리 잡은 지 벌써 십오 년이나 된 탓이 가장 컸다. 더구나 그녀의 부모님은 동기가 많지도 않았을 뿐만 아니라 앞서거니 뒤서거니 하면서 일찍 돌아가신 탓에 그리 살갑게 안부를 나누거나 할 사람이 많지도 않았다. 현주 자신은 무남독녀, 외동딸이기도 했다. 현주는 그게 차라리 편했다. 게다가 그녀의 옛집은 마을 전체가 재개발 예정지가 된 탓에 조만간 헐리게 될 것이었다. 그녀가 어릴 때 일이어서 분명한 건 아니지만 혹시라도 묵은 상처를 헤집는 일이 일어나기보다는 하루라도 빨리 재개발 공사가 진행되어 모든 기억이 다 삭제되는 게 나은 일이라는 생각이 들기도 했다.

적산가옥

지난가을 주말, 1박 2일의 일정으로 현주는 몇 사람을 안내해서 근대문화의 거리에 있는 적산가옥들을 둘러보러 왔었다. 일제강점기 식민자의 도시에서 계층별 차이가 가장 두드러진 것은 주거 환경이었다. 중국인 노동자들이 가장 열악한 조건에서 생활했고 조선인도 다르지 않았으며, 일본인 내부의 위계도 작용했다. 개항 이후 조선인은 유달산 오른편 북쪽의 쌍교리 근처 공동묘지를 터전으로 움막을 짓고 살았다. 일본인 거류지는 유달산 오른편 동남부 해안을 따라 조성한 간척지를 중심으로 형성되었다. 좁고 불편한 데다 비가 오면 질척거려 다니기 힘들었던 북촌과 달리 잘 정비된 도로와 전기와 상하수도 시설을 갖춘 근대 도시로, 지금은 근대문화의 거리라 부르는 곳이다. 물론 지금은 사람들이 신시가지로 빠져나가는 바람에 구도심이 되어 낡고 허랑한 지역이 되었다.

현주가 안내를 맡아 함께 온 이들은 모두 도시 재생 전문가 그룹에서 일하는 사람들로 건축학과 교수와 방송국 피디도 동행했다. 그들은 원도심 오거리를 천천히 걸으며 낮은 목소리로 말들을 주고받았다.

"적산가옥이란 게, 사람들이 막연하게 일제강점기에 일인들이 살았던 집이겠거니 하는데, 그게 적의 재산, 적국의 재산이라는 뜻이잖아요. 막상 눈앞에서 보고 있자니 새삼 마음이 무거워져요."

"그러게요. 백 년 가까이 지나서 처음 그대로의 모습은 아니지만 적산가옥이 그래도 아직 많이 남아 있네요. 그런데 적산가옥은 우리 전통가옥과는 구조가 다르죠. 저기 좀 봐봐요. 겉으로 튀어나와 있는 목재 구조, 이 층이 일 층보다 약간 튀어나와 있는 모습, 일본식 기와가 얹힌 지붕, 밖으로 돌출된 비대칭 형태의 창문 구조, 저런 게 외양에서 일반적인 주택과 다른 이질감을 주죠. 우리 한옥은 지붕과 처마가 곡선인 데 반해 일본식 가옥은 그게 일직선이죠. 한옥 마루는 넓고 개방적인데 일본식 가옥은 좁고 긴 복도로 매우 폐쇄적인 구조고. 좁고 긴 복도, 어두운 집, 직선 모양의 겹처마, 이런 게 일본식 가옥의 특징이거든요."

"마당도 그래요. 한옥은 하늘이 마당 안에 그대로 들어오는 개방형 구조죠, 생활 공간이고. 일본의 정원은 돌과 나무로 가꾸어서 차를 마시고 그것을 구경하는 공간으로 기능해요. 그런데 참 이상해요. 개방적이었던 문화를 가지고 있던 조선보다 폐쇄적인 일본이 서구 문명을 더 빨리 받아들이고 결국 우리나라를 강제로 병합하고 오랫동안 식민 지배하게 되었다는 게, 참……."

"저들은 칼로 일어선 나라잖아요. 우리는 오랫동안 학문을 숭상

했고, 또 농업국가였죠. 그러니 근본이 달라요. 문제는 적산가옥은 일제강점기의 고통스러운 과거의 기억을 환기하는 일종의 부정적 유산, 흔적이잖아요. 그것을 어떻게 미래의 가치로 전환할 것인가 가 과제겠지요. 그런데 대부분 그대로 방치하고 있다고 할까. …… 여기 와서 보니까 목포라는 도시는 그 자체가 우리의 근대역사를 상징하고 있네요. 오랜 억압과 착취의 역사, 그리고 그것이 남긴 부 정적 유산을 어떻게 극복할 것인가 하는 과제를 안고 있는 독특한 공간이라고 봐요."

"그런데 정현주 씨, 집이란 게 뭐에요? 어떤 의미죠, 우리에게?"

불필요한 말을 줄이고 안내만 하던 현주에게 일행 중 누군가 물 었다. 건축 도시 설계 엔지니어인 현주는 갑작스러운 질문에, 그것 도 가장 본질적인 물음에 걸음을 멈추고 불현듯 떠오른 기시감에 흠칫 놀랐다. 그건 오래전, 건축학과에서 학부를 마치고 대학원 진 학을 위한 면접 때 어느 교수가 했던 질문이기도 했고, 학위논문 심 사 과정에서도 들었던 말이었다.

"집이란 게 뭐라고 생각하는지 짧게, 한 문장으로 말해보시오."

무엇을 물어볼까 궁리하고 알맞겠다 싶은 답변을 준비해두어 도, 면접이라는 프로세스에서 누구를 선택할 것인가 하는 권리는 전적으로 묻는 사람에게 있다. 긴장해서 자꾸 목이 마를 때 질문의 의도가 무엇인지를 파악하는 일은 종종 혼란을 수반한다. 더구나 질문하는 상대는 그가 의식하지 못하는 순간에도 질문 자체가 권 력이라는 것을, 듣는 이는 의식하게 된다. 목이 잔긴 소리로 현주는 간신히 대답하곤 했었다.

"사람들이 일상을 영위하는 가장 기본적인 주거 공간이라고, 생각합니다."

같은 대답을 상기하고 똑같이 말하면서도 질문의 의도가 무엇인지를 헤아리는 일에 현주는 약간의 현기증이 일었다.

"그렇죠, 집이야 뭐, 생활 공간이죠. 그곳에 사는 사람들에겐 우주의 중심이고. 그런데 개성이 없는 천편일률적인 도시가 되어버린 게 우리나라 도시의 가장 큰 문제가 되었어요. 도시의 다양성이 사라지고 어느 곳을 가더라도 집들이 재벌급 건설사의 아파트를 중심으로 위계화되어 있는 모습을 볼 수 있잖아요. 어느 도시에 비싼 집만 있으면 젊은이들이 그 도시에 살 수가 없어요. 돈이 없거든. 목포도 사정이 크게 다른 것 같지는 않아 보여서 물어봤어요."

"목포는 인구가 얼마나 되죠?"

누군가가 다시 현주에게 물었다. 고향이 목포인 탓에 어쩔 수 없이 현주가 그들을 안내하게 되었고, 그들은 현주가 그런 내용을 당연히 잘 알고 있을 것으로 생각하는 듯했다. 현주가 당황해하자, 방송국 피디가 인터넷을 검색해서 그 내용을 들려주었다.

1920년대에 도시화가 진전되면서 목포 인구는 전국 제일의 인구 증가세를 보인다. 1914년에 1만 2천여 명이던 인구가 1936년에는 전국 6위의 인구 규모, 약 6만 명의 도시로 성장한다. 그러나 해방 이후 경제개발 과정에서 목포는 소외와 차별을 겪게 된다. 2022년 현재 인구는 21만 명 정도고, 일일 평균 90명이 전입하는 데 비해 일일 평균 99명이 타 시도로 전출해 가고 있다. 혼인의 경우 하루 평균 세 쌍이 결혼하고 한 쌍이 이혼한다. 하루 네 명이 출생하고 역시 네 명이 사망한다고 그러네요.

"그러니까 별로 희망이 없다는 거네, 이 도시가."

"전국의 도청 소재지 중에서 목포 인구가 가장 적을 거야, 아마."

현주는 그들이 무책임하게 발설하는 말들을 들으면서 울컥 치밀어 오르는 게 있었다. 희망이 없는 도시라니, 사람들이 떠나가는 도시라니, 내 고향이 그런 도시란 말인가.

"참, 목포 사람들은 뭘 해서 먹고살지요? 나는 어느 도시에 가도 그게 제일 궁금해요. 제주와 통영과 경주는 관광, 울산과 광양과 부천은 자동차와 제철산업과 반도체, 뭐 그런 특징이 있잖아요. 그럼, 목포는요?"

목포는, 서남해안 거점 항구니까 수출항으로서의 역할이 크겠지요. 어업과 수산업과 농업에 종사하는 사람들르 있고, 크지는 않지만 조선소도 있고, 공단에 입주한 생산업체들도 많고, 역사문화 도시로 관광객도 점점 늘고 있고, 사는 건 어느 도시나 비슷하지, 뭐가 다르겠어요?

현주는 하고 싶은 말을 삼키며 작은 숨을 내쉰다. 그래도 대통령을 배출한 도시고, 일제강점기나 군부독재 시절엔 압제에 저항했던 역사를 자랑스러워한답니다. 아시겠어요? 그런 말들도 입 밖으로는 소리 내지 않는다. 말이란 그 내용보다 관계가 더 중요하다고 배웠기 때문이다. 하고 싶은 말을 다 해버리고 나면 속은 후련할지 모르지만, 자칫 관계가 어긋날 수 있다. 저들은 단순한 관광객이 아니라 현주가 일하는 동네에서 일종의 권력자들이다. 그래도 마음이 편하지는 않다.

일행들은 횟집들이 여럿 있는 골목의 어느 식당에서 민어회와 매운탕으로 점심을 먹고, 갑자기 유명해진 창성장 여관에 여장을 풀었다. 비좁은 골목길 끝에 있는 낡은 적산가옥을 리모델링한 삼층짜리 여관이었다. 창성장의 건물 외벽은 붉은색과 청색으로 조화를 이룬 강렬한 채색으로 눈길을 끌었다. 투기든 투자든 상관없이 겨우 방 열 개 남짓한 작은 규모의 여관이었다. 주변에는 허름한 옛 간판 그대로의 작은 여관들이 많았다. 저곳에 묵는 이들이 대체 누구일까 궁금할 지경이었다. 부두의 노동자들이거나 인근 아파트 단지의 건설 노동자들이 아니라면 저렇게 작고 허름해 보이는 여관에 들지 않을 것처럼 생각되었다. 무엇보다 여관이라니. 주인들은 저걸로 어떻게 먹고산다는 걸까, 괜한 걱정이 되었다. 주말이었으나 거리는 한산했다.

현주는 숙소에 든 일행과 헤어져 옛집이 있는 마을로 걸음을 옮겼다. 다영이 기다리고 있었다.

구불구불한 골목길에 연이어 있는 낡은 집들의 담벼락에 형형색색의 페인트로 벽화가 그려져 있었다. 벽화들은 목포가 개항하고 나서 해방 이후까지, 가난한 사람들이 갯벌을 매립한 곳이거나 산기슭에 작은 집들을 짓고 부두 노동자거나 어부거나 혹은 어물전 좌판에서 장사를 하면서 생을 이어가던 삶의 흔적들을 담고 있었다.

"이런 게 전엔 없었는데, 네가 주도해서 그랬니? 너는 도서관 사서 선생이면서 못하는 게 대체 뭐니?" 걸음을 멈추고 서서 다영에게 물었다.

"그래, 밝고 깔끔해 보이잖아? 의미도 있고."

"그렇긴 한데, 조금 촌스러워. 어느 도시에나 오래된 골목길 낡은 담장에 비슷비슷한 느낌의 벽화들을 그려놓은 게 너무 개성이 없어 보이잖아. 돈 좀 들여서 담장을 새로 만들 순 없을까? 붉은 벽돌담이거나 아니라도 사찰의 기왓장이나 돌을 이용한 담장과 문양으로는 만들 엄두를 못 내겠지? 하긴 나부터도 팔아버렸으면 하는 집이니 돈 들일 생각은 없는 거고, 다른 사람들 사정도 마찬가지겠지. 그나마 여긴 좀 다르긴 해. 일종의 역사화라고나 할까. 뭐, 좋네."

현주는 서울에서 온 일행들이 무책임하게 했던 말들이 여태 마음속에 남아 있던 터라 괜히 다영에게 심통을 부렸다. 그러고 보니 다영도 좀 어긋나고 있었다.

"네 눈엔 이게 촌스럽게 보이는 모양이구나. 그럴지도 몰라. 낡은 시멘트 담벼락을 헐고 벽돌로 지어 올리거나 할 엄두를 못 내니까 도시 재생 사업비 일부를 보조받아서 벽화로 간장해본 건데 평가가 박하네. 그리고 넌 남의 말 하듯 하는구나. 여긴 네 고향이야, 네가 살던 집이 있고."

현주는 괜히 마음 상할 말을 했나 싶어 화제를 바꾸었다.

"그래도 요즘엔 관광객들이 좀 찾는다며?"

조금 누그러진 말투로 다영이 답했다.

"응, 비싼 광고비 안 들여도 뉴스에서 근대역사 문화의 거리니, 목포 원도심 오거리니, 투기니, 투자니 하면서 소개를 해주니까."

말해놓고 두 사람은 쓰게 웃었다.

"아무튼 근대문화의 거리에 온 김에 이 동네까지 올라와서 둘러보고 가는 사람들이 늘긴 했어. 빈집들을 활용해서 젊은 예술가들의 작업실로 만들고 전시와 판매도 하고 그런 덕분이기도 하고. 무엇보다 도시의 역사와 문화를 지켜낸 탓에 조금씩 관광객이 늘고 있는 거라고 봐. 사람들의 살림살이는 점점 어려워져가는데, 그나마 관광객이 찾아오는 도시로 변모해가는 건 다행이잖아."

"그래 다행이다. 목포가 점점 낙후된 도시로 변해가고 있는데, 오래된 역사와 문화자원을 잘 보존하는 것 말고 달리 현실적으로 가능한 생존 전략이 있겠나 싶기도 해. 그런데 중요한 것은 사는 사람이 행복한 도시여야 관광 명소가 된다는 점이야. 사는 사람이 아닌 관광객을 위한 도시여선 곤란하지. 화제성 보도나 단발성 행사만으로는 지속적인 관광객 유입도 어려운 거고."

"그러니까 현주 네 말은, 지금 이곳에서 살아가는 사람들의 삶이 그렇게 행복해 보이지는 않다는 뜻이니?" 다영이 발끈했다. "그래도 네 고향마을이잖아."

"넌 무슨 말을 그렇게 해? 내 말은 단지 주거 공간이 생활의 변화에 걸맞게 좀 더 쾌적하고 편리하게 바뀌어야 한다는 거지. 옛 모습 그대로 후줄근하게 살아가는 게 도시의 역사와 문화를 지켜내는 게 아니라는 거고. 그래서는 젊은이들이 이 도시에서 살겠다고 찾아오지 않아. 하룻밤도 묵지 않고 당일치기로 왔다가는 관광객들만으로는 한참 역부족이고. 더 중요한 게 지역의 관광 활성화를 위한 여러 기획이라는 게 거주민의 생활 감각과는 구별되는, 관광객의 시선으로 재구성된 세계여서는 곤란하다는 거지. 양자는 서로 다른 세계에 속한 사람들이니까."

"어렵게 말하지 마. 그러니까 결국 현주 넌 재개발에 찬성하는 쪽이겠구나. 부모님이 사셨던 흔적들이, 우리가 태어나 자라면서 남겼던 숱한 이야기들이 배어 있는 이 오래된 집들, 골목길들이 하릴없이 토건 자본의 손으로 흘러 들어가도 아무렇지 않다는 거겠네?"

"아니, 넌 내가 부동산 개발업자나 되는 줄 아는 모양이니? 나는 토건 자본의 독점적 이익을 위한 재개발 사업에 누구보다 반대하는 사람이라고. 그곳에 살고 있는 사람들의 이익을 위한 도시가 되어야 한다는 것을 기회 있을 때마다 강조하는 사람이라고……."

지난가을의 그 괜한 말다툼 이후 두 사람은 서걱한 감정을 느꼈다. 더구나 재개발 운운에 대해서는 당시의 현주는 금시초문이었다. 그런데, 우리 마을이 재개발된다고? 언제부터? 현주는 마을 초입에 있는 카페로 자리를 옮겨 앉은 후에야 저간의 사정에 대해 알게 되었다.

촌스럽게 아기자기하게 꾸민 카페는 다영의 동생 다희가 맡아

보고 있었다. 자신의 옛집에 잠시라도 둥지를 튼 사진작가는 만나보지 못했는데, 오래전 침몰했던 세월호 관련 사진 작업을 하러 갔는데 아직 돌아오지 않았다고 했다. 현주는 '오래전 침몰했던 세월호'라고, 아무런 감정의 파동 없이 말하는 다희를 쳐다보았다.

2014년 봄, 현주는 대학원 박사과정을 시작하던 때였다. 2014년 4월 16일 오전, 인천에서 제주로 가던 세월호가 진도 앞바다에서 침몰했고, 수학여행을 가던 아이들을 포함한 300여 명이 깊고 찬 바다에 영원히 잠들었던 비극적 사건이 일어났다. 그랬구나, 그때도 그랬고, 왜 가만히 있으라 해놓고 왜 아무도 구하지 못했는지, 오랫동안 슬픔과 분노의 마음을 함께 했지만, 어느 틈에 그 일이 내 일은 아니어서 다 잊고 말았구나. 그래서 이제는 무심하게 그때 그 일이라고 말할 수 있는 거구나. 지금도 기억에 선연한 그 장면들을 온전히 잊기는 어려울 텐데.

"그, 준영 오빠, 현주 언니도 잘 알던데요. 고등학교 때 다영 언니랑 현주 언니랑 함께 역사 공부 동아리도 했었다고, 가끔 언니 이야기할 때 표정을 보면 언니를 되게 좋아했구나, 그런 느낌이던데요."

다희는 현주의 마음을 읽지 못하고 있었다.

"그게 무슨 말이야? 난 기억에도 없는데."

현주는 짜증을 냈다. 고등학교 시절엔 누구나 시 낭송반이나 밴드부나 연극 동아리 정도는 하게 마련이다. 역사 공부하는 것이 유행이고 자랑이던 때도 있었다. 그렇다고 십오 년도 더 지난 옛일을 무슨 끊지 못할 인연이라도 되는 것처럼 지금까지 기억하고 있다는 건 아무래도 끔찍한 일이다. 천천히 차를 마시며 화를 식히던 현주는, 고향을 떠난 건 아주 잘한 일이라고 생각한다. 이 구불구불한 골목길과 낮은 담장과 녹슨 대문과 낡은 집들과 그 안에서 살아가는 활기 없는 삶은 이제 자신과는 무관한 일이 되었다고, 다행이라고 생각한다.

동네에서 멀지 않은 목포신항에는 바다에서 건져 올린 녹슨 세월호가 거치되어 있다. 눈에서 멀어지면 마음도 멀어진다고 했으니 그 말을 뒤집으면 눈에 자꾸 보이면 마음 가득 고인 비탄을 어쩌지 못할 것이다. 그 모든 일에서 멀리 떨어진 곳에 있으니 현주는, 다행이지 했다.

그런 마음이어서였을 것이다. 재개발하게 된다면 동의하지 않을 까닭이 없지 않겠니? 건너편에 앉은 다영을 바라보며 현주는 싱긋 웃었다. 물론 마음속의 생각을 입 밖으로 드러내진 않았다. 작년 가을의 일이 그랬다.

재개발

　　조금 늦게 일어나 구운 호밀빵과 커피 한잔으로 간단한 식사를 하고 나서 호텔을 나섰다. 호텔은 그녀의 옛집이 있는 동네 바로 옆에 있었다. 호텔 바로 아래엔 고운 모래사장이 펼쳐진 유달해수욕장이 있었으나 언젠가부터 해수욕장은 폐쇄되고 없어졌다. 어릴 때 여름철엔 학교 수업을 마친 다음엔 거의 종일 바다에서 놀았는데 하고 현주는 잠깐 회상했다. 호텔 건너편엔 학 두 마리가 바다를 향해 날아오르는 형상의 목포대교가 개통되었고, 오른쪽 가까이엔 바다 사람들을 길러내는 대학교가 있다. 오래된 그 학교는 자신의 이름에서 목포라는 지명을 지우고 싶어 한다고 그랬다.

　　학령인구가 급격하게 감소하고 있는 현실에서 생존을 위해서는 글로벌화를 추구해야 하고, 그러자면 어느 한 지역에 갇혀 있는 느낌을 주는 이미지에서 벗어날 게 필요하다는 생각인가 보았다. 서울은 점점 비대해지고 지역은 갈수록 쇠락해가는 상황에서 누구나 무엇이나 생존을 고민하는 것은 당연할 것이다. 그러나 현주는, 물리적 실제와 더불어 시간의 축적이 건축이든 학교든 문화든 그것의 가치나 경쟁력을 더해주는 것은 아닐까, 하고 생각했다.

유럽의 오래된 건축물들, 미국의 세계적인 대학들은 대부분 위치한 지역의 이름을 따서 붙였고, 행여 그것을 부끄러워하거나 그것 때문에 경쟁력이 문제라고 생각하지 않는다. 그러나 현주는 이내 자신이 감당할 고민은 아니라고 가만 고개를 젓는다. 학교에서 그런 고민을 한다면 그만한 사정은 있을 것이었다. 무엇보다 그녀는, 나는 오래전에 고향을 떠났고, 지금도 그렇거니와 앞으로도 방문객에 지나지 않으리라고 생각했다.

현주는 다영과 사진 작업을 한다는 이준영 모두가 자신을 기다리고 있는 것을 확인하고 나자 갑자기 마음이 무거워졌다. 그들은 현주가 재개발에 반대하기를 바라고 있다고 믿기 때문이었다.

마을은 소란스러웠다. 더운 여름이었고 게다가 일요일이었어도 이십여 명의 사람들이 재개발추진조합 사무실 앞에 모여 반대 피켓을 들고 서 있었다. 날마다 당번을 정해두고 릴레이 시위를 하는 모양이었다. 마을 입구 카페 맞은편 컨테이너에 재개발추진조합 사무실이라는 간판이 붙어 있었다. 재개발을 적극 찬성한다거나, 죽음을 각오하고 반대한다거나, 업무방해죄로 처벌받을 수 있다거나 하는 현수막들도 서로 엉겨 어지럽게 걸려 있었다. 그것들을 찡그리고 바라보고 있는 현주를 보자 얼굴이 익은 어른들 서넛이 그녀에게 다가와 저마다 한마디씩 했다.

“현주구나, 저 골목 끝 집에 살던 아이.”

“그래, 몰라보게 자랐네, 아니 벌써 어른이 됐어. 넌 어떻게 할 거니? 설마 재개발에 동의하러 온 건 아니지?”

“너도 생각해봐라. 우리가 이 동네 이 집에서 오십 년 가까이 살았다. 집이 허름해진 건 세월 탓이지. 아무리 그래도 집은 우리에게 가장 중요한 삶의 터전이잖아. 그런데 이걸 다 밀어버리고 고층 아파트를 세운다잖아. 그럼 우린 어디 가서 살라고? 보상금은 쥐꼬리만 하게 주고, 그걸로는 새 아파트에 들어가 살 수가 없는데 막무가내로 이 동네를 밀어버리겠다니 그게 이치에 맞는다고 생각하니?”

현주는 누군가가 이 곤란한 상황에서 자신을 구해주길 바라는 심정으로 골목길을 두리번거렸다. 카페 안에서 다영이 손짓하는 게 보였으나 밖으로 나오려 하지는 않았다. 그것을 본 아줌마 한 사람이, “저년도 나쁜 년이야, 아니, 저년이 더 나쁜 년이지”, 막말을 내뱉으며 다영을 흘겨보았다.

대체 무슨 말일까 싶었으나 그걸 물어볼 수는 없었다. 현주는 카페 안으로 들어섰다. 다영이 있었고, 모르는 남자 두 사람이 더 있었다. 한 사람은 탁자 위에 니콘 카메라를 놔둔 것으로 보아 사진 작업을 한다는 준영일 거라고 짐작되었다. 그들은 현주가 들어서는 것을 보고 자리에 앉은 채 고개를 가볍게 숙인 다음 그녀가 앉기를 기다렸다. 카메라맨은 자신을 이준영이라고 인사하며 손을 내밀었다. 현주는 그가 내민 손을 못 본 체하며 자리에 앉았다. 다영이 희미하게 웃다가 현주와 눈이 마주치자 창밖으로 고개를 돌렸다. 또 다른 젊은 남자 한 사람은 재개발조합의 총무라고 했다. 그렇다면 이 마을 사람 누구일 텐데 낯설었다. 다영이 대신 그를 소개했다.

"이분은 재개발 시공사의 대리신데, 조합의 총무로 파견돼서 일을 보는 분이야. 좀 특이하지? 재개발 사업에 속도를 내기 위해 그렇게 하기로 한 모양이야."

"재개발해야 합니다, 이 동네." 현주가 아이스 커피 한 모금을 마시기를 기다려 조합 총무라는 이가 말했다.

"잘 모르는 사람들은 재개발 사업이란 게 떼돈을 벌 것처럼 망상을 심어주고, 그래서 서로 이웃해 오랫동안 살아왔던 사람들을 분열시킨다고 욕하지만, 재개발해야 합니다, 이 동네. 어차피 도시 정비사업을 해야 하는데, 그래야 주거환경이 개선되는데, 이 동네는 집들이 너무 오래되고 낡아서 그냥 다 밀어버리고 새로 짓는 게 최선이에요. 현주 씨는 건축가시라면서요? 더 잘 아시잖아요."

다영과 준영이 현주를 바라보았다. 준영은 의외로 말이 없는 대신 주의 깊게 현주를 살피고 있었고, 그의 표정만으로는 무슨 생각을 하는지 짐작하기 어려웠다.

"내 결정이 그렇게 중요한 건 아니죠? 이 동네 가구 수가 삼백여 가구 되지 않나요? 다들 어떤 결정을 내렸지요?" 현주는 오히려 조합 총무라는 이에게 물었다. 그리곤 다영에게도 "너는 어떻게 하기로 했니?" 하고 눈으로 물었다.

총무가 다시 현주를 보고 말을 하기 시작했는게, 재벌급 건설사라지만 겨우 대리에 불과한 이가 재개발조합의 총무로 파견 나온 까닭을 알 것 같았다. 일견 논리가 정연해 보였다. 많은 사람이 그의 말에 설득당해 도장을 내어줄 것 같았다.

"목포는, 아시겠지만 대학병원 하나 없는 도시예요. 목포 유일의 종합대학에 의대가 없다고요. 목포 인근 지역에는 수많은 섬이 있는데, 목숨이 경각에 달한 위급 환자가 목포에 와서도 구급차가 고속도로를 한 시간 넘게 달려야 광주에 있는 대학 부속병원 응급실에 도착해요. 대부분 너무 늦은 거죠. 죽거나 아니라도 상황이 너무 악화하는 걸 피할 수 없어요. 그게 우리 고향 목포예요."

"그게 지금 재개발 건과 무슨 상관 있다고?" 잠자코 있던 이준영이 대리인지 총무인지를 향해 성마르게 물었다. 그러게, 현주도 마음속으로 그렇게 물었다. 장황하게 요설을 풀어 사람을 현혹하지 말고 용건만 말하지, 하는 심정으로 현주도 총무를 바라보았다.

"내 말의 요체는, 이 낙후된 도시를 살릴 수 있는 방법을 함께 고민해보자 이겁니다. 동네 어딘가에서 불이 나도 대형 소방차가 들어올 수 없는 비좁고 구불구불한 골목길, 폭우가 이틀만 내려도 하수구가 역류해서 악취를 풍기는 낡은 기반 시설들, 그대로 둘 거냐고요. 도시재개발 사업은 낙후된 환경을 정비하고 재산 가치를 높이는 유일한 정비사업이에요. 물론 재개발하면 누군가는 이익을 얻겠지요. 누군가는 손해를 감수해야 하고요. 그게 세상 이치 아닌가요? 그러나 재개발하고 나면 도시 자체가 전혀 달라진 모습이 돼요. 사람이 사람답게 살아야 하는 게 정상이고 다들 그런 주거환경을 원하지 않나요? 지금 재개발을 반대하는 분들이 요구하는 건 재개발 그 자체가 아니에요. 보상을 충분하기 해달라는 거지. 여기에서 가까운 아파트 단지에 사는 사람들도 이 재개발 사업과 신규 아파트 건설을 결사반대하는 이유도 다른 게 아니라 자기들 아파트 값이 떨어질까 그걸 염려하는 것뿐이라고요. 누구나 다 자신의 이해를 중심에 놓고 주장을 하죠."

"이익은 거대 자본의 주머니로 들어가고, 손해는 주민들 대부분이 보게 되는 게 문제겠지요. 오랫동안 살았던 주민들의 선택권을 원천적으로 박탈하는 게 재개발 사업인데, 그걸 미화하지 마시오. 충분한 보상이야 당연한 거고, 자신의 재산 가치를 지키려 하는 건 비난받아야 할 행위가 아니오."

"보상 문제는 감정평가대로 할 수밖에 없는 거요. 그리고 요구하는 정도를 만족할 수 있는 적정선이라는 건 없으니까. 목포 지역의 주택 보급률이 백 프로에 다가서고 있는데 그래도 여기저기에 대규모 아파트 단지가 들어서는 이유를 잘 이해하셔야 해요. 일종의 선순환이죠. 오래되고 낡은 지역의 주거지역과 건축된 지 너무 오래된 아파트들을 보다 쾌적하고 세련된 새로운 주거환경으로 바꾸는 거예요. 한번 산 자동차를 영원히 탈 수 없는 것처럼 집도 그래요."

"새 집 줄게 헌 집 다오, 그게 전형적인 개발지상주의 논리지요. 도시의 주인이 누구인가 하는 본질적인 문제로 들어가면 포말처럼 사라지고 말 허구고요, 속임수. 자동차를 삼 년마다 바꾸고 아파트를 십 년마다 바꾸어 살면 매번 금융자본과 토건 자본의 배만 불리는 것이지. 시민들은 영원히 자본의 노예로 사는 거고.”

“아니, 지금 우리 토론하자는 거 아니죠?”

두 사람의 언쟁이 점점 감정을 싣게 되자 현주가 나섰다. 이런 말들의 낭비가 현주는 몹시 피곤하고 싫었다. 현주는 단호하게 말했다.

“아무튼 나는 동의해요. 어차피 여기서 살 것도 아니고, 낡은 집을 수리해서 팔 수 있는 것도 아니니까.”

현주는 사진 작업을 한다는 이준영에게도 흔들림 없이 말했다.

“지난 삼 년 동안 빈집을 나름대로 활용해 오셨으니 얼마간 투자를 하셨어도 손해는 아니죠? 나는 아무런 대가도 받지 않고 그렇게 하시라 했으니 제게 섭섭해하지도 마시고요. 작업 공간은 다른 데 마련하시면 되겠지요.”

총무는 밝은 표정을 지으며 서류를 꺼내고 있었고, 준영은 창백한 얼굴이 되었으며, 다영은 상기된 표정이었다. 현주는 다영을 바라보며, 네 입장을 다 이해한다는 투로 말했다. 그러니 괜한 말로 마음 어지럽히지 말라는 뜻이었다.

“다영이 너도 다른 방법이 없잖아? 그렇지?”

현주는 재개발추진조합의 총무가 가져온 몇 종의 관련 서류에 날인하고 자리에서 일어났다. 어느 한쪽의 독점적 이익을 위한 재개발이 아니라 다중의 이익을 위한 도시가 되어야 한다는 평소의 생각은, 그것이 당장 자신의 일과 무관할 때나 가능한 주장이었다.

그것은 어쩔 수 없는 일이라고 현주는 자신을 다독였다. 그런데 카페의 문을 밀고 밖으로 나가려는 순간, 현주의 뒷목을 잡아채는 듯싶은 준영의 목소리가 들렸다.

"이봐, 정현주. 당신에게 집이란 뭐요, 어떤 의미지?"

현주는 뒤돌아보지 않았다. 이제 와 다 의미 없는 소리에 불과했다. 집은, 그런 관념의 영역이 아니다. 집은, 자신의 피곤한 몸 하나 편하게 쉴 공간이 없는 누군가에게는 평생 갖기를 열망하는 어떤 것이다. 그것은 누구보다 현주 자신이 서울로 공부하러 갔던 때부터 거의 십 년 가까이 경험했던 욕망의 실체다.

맨 처음 대학가 근처의 햇살이 들지 않는 비좁은 원룸과 나중에 연립주택의 반지하, 그리고 작은 아파트의 전세살이를 거치는 동안 내 집이 없다는 사실 때문에 느꼈던 불편과 불안정과 비용의 낭비를 그녀는 겨우 오 년 전에야 해소할 수 있었다. 목포에 있는, 부모님이 물려준 옛집은 그 경제적 가치가 하잘것없어서 서울 외곽지역의 작은 아파트 하나를 장만하는 데 아무런 쓸모가 없었다. 물론 오래된 마을에서 줄곧 살아왔고, 앞으로도 그렇게 살아가야 할 사람들을 내쫓고 그 자리에 현대식 고층 아파트를 짓는다는 게 얼마나 비윤리적인가에 대해서는 잘 안다. 그래도 지금 자신에게는 재개발에 동의하는 것 말고 다른 선택지는 없다고 현주는 생각한다. 살다 보면 어쩔 수 없는 일은 늘 있게 마련이었다.

그 짧고도 단호한 생각을 하면서 카페 문을 밀치고 밖으로 나오는 순간 전혀 예상하지 못했던 일이 벌어지고 말았다. 탁자와 커피

잔들이 엎어지고 깨지면서 내는 불협화음과 거의 동시에 다영의 지극히 절망적인, 짧은 비명 소리와 "지금 무슨 짓이야?" 하는 외침이 뒤섞여서 현주는 그 자리에 몸이 굳어버리고 말았던 것이다.

순정한 마음

지난여름 목포에서 일어났던 일들을 현주는 가끔 생각한다. 살아오면서 누군가를 죽여버리고 싶다는, 불쑥 치밀어 오르는 분노의 감정을 전혀 갖지 않았다면 거짓말이다. 대체로 자신을 가볍게, 우습게, 별것 아닌 것처럼 대하는 자들에게 그랬으나, 그렇다고 실제로 그런 감정을 행동으로 옮기는 일은 아직 없었다. 그것은 타인의 고통에 대한 감수성이 유별나거나, 자신이 지켜야 할 것들이 대단해서는 아니었다. 그냥, 그래서는 안 되는 일이라고 생각했다. 아무리 그래도 사람이 다른 사람을 향해 흉기를 휘두르거나 폭력을 행사해서 몸을 상하게 하거나 심지어 목숨을 잃게 만드는 일은, 사람이 해서는 안 되는 일에 속했다. 그런 일들이 아무렇지도 않게, 무수히 일어나고 있는 세상이긴 하지만.

그런데 지난여름 목포에서는, 준영이 다영의 뒷머리에 찻잔을 던져 머리가 깨졌고, 재개발 반대 집회를 하다가 가끔 일어나는 예사로운 일 정도로 여긴 경찰은 아주 느리게 순찰차 한 대를 보냈으며, 그래도 제가 한 짓에 스스로 깜짝 놀란 준영이 피를 흘리며 신음하고 있는 다영을 품에 안고 어쩔 줄 몰라 하는 사이에 재개발조합 총무라는 이는 그의 사무실로 뛰어가 무슨 서류 보자기를 챙겨 급히 어디론가 사라졌다. 너무 늦지 않게 도착한 소방서 구급대원들 덕분에, 아주 다행스럽게 다영은 크게 다치지는 않았다.

현주는 순간적으로 일어났던 그 무모한 일들이 가끔 생각나서, 꿈에서도 진저리를 친다. 하긴 찻잔 하나를 던졌는데 하필 뒷머리에 정통으로 맞아 머리가 깨지고 검붉은 피가 흘러내리던 것도 기이한 풍경이기는 했다. 무엇보다 세월호의 비극을 여태 잊지 않고 바다에서 건져 올린 녹슨 선체를 찍어 기억저장 아카이브를 만들겠다고 작업 중인 그였다. 그러니까 폭력보다는 평화에, 증오보다는 애도에 더 가까운 마음과 심성을 지녔을 그가, 그깟 오래된 동네 재개발 정도의 문제로 그래도 몇 해 동안 함께 작업해온 다영의 머리를 깨버리다니, 나는 그일 이후 누구라도 사람을 믿지 못하게 되었다. 전에도 그랬는데 더욱 그렇게 되었다.

경찰이 준영에게 물었다. 왜 그런 짓을 했어요?

그는 오랫동안 침묵하다가 다영이 생명에는 이상이 없다는 말을 들은 늦은 저녁 시간 무렵 진술을 시작했다. 현주는 그의 진술들을 선명하게 기억한다. 황당해하던 형사의 표정도 아직 잊히지 않는다.

"나는 목포를 사랑했어요……."

현주는 준영의 그 흩어지던 말의 일부는 진실일 것이라고 여긴
다. 그는 목포의 오래되어 낡은 그러나 사람들의 삶의 흔적이 배어
있는 집들을 카메라에 담고 있었다. 많은 이들의 가슴에서 잊힌 세
월호의 흔적과 인근의 수없이 많은 섬의 모습과 그곳에서 살아가는
이들의 고단하면서도 면면하게 이어가는 삶에 대해서도 그랬다.
그것은 그들에 대한 애정이 없으면 결코 가능하지 않은 일이었다.

그러니까, 준영은 비어 있는 집들을 리모델링해서 젊은 예술가
들의 작업 공간으로 꾸며보자는 생각을 하고 있었고, 다영은 궁리
끝에 그렇게 하자고 동의한다. 다영은 몇 년 후면 마을이 재개발 지
역으로 지정될 가능성이 있고, 그것을 추진하는 이들이 있다는 것
도 알고 있었다. 그렇다면 마을을 낡은 상태로 두는 것보다는 경제
적 가치를 좀 더 높이는 것이 마을 사람 모두에게 도움이 될 거라는
계산을 했다.

열 명 가까운 예술가들이 하나둘씩 둥지를 틀 무렵, 다영은 도
시재생사업 프로그램을 신청해서 골목길을 포장하고, 담장에 벽화
를 그리는 작업을 했다. 아직 재개발 지역으로 지정된 상태는 아니
어서 그만한 비용은 지원받을 수 있었다고 했다. 열 명 정도의 예술
가들에게는 일정한 사용료를 받았으나 운영비가 따로 필요할 것이
라는 생각에 이르자 집주인들에게는 그것을 나눠주지 않았고, 현
주에게도 마찬가지였다. 현주는 아무래도 상관없었다. 있으면 나
쁠 것 없었으나 그리 많지도 않은 돈이었고, 아무도 돌보지 않아 더
낡아만 가는 집을 다영이 관리해주는 셈이어서 오히려 고마운 마음

이었으니까.

“무슨 이유로 찻잔을 머리에 던져 그 지경을 만들었냐니까?”

“그 사람이 결국 우리 모두를 배신했거든요.”

뜻밖에도, 마을의 재개발추진조합의 조합장은 다영이었다. 현주는 다영을 다시 보게 되었다. 활달한 성격이긴 했으나 재개발조합이라는 성격이나 이미지와 전혀 어울릴 것 같지 않은 친구였다. 아무리 선의를 가진 사람이라 해도 그런 일이란 손과 마음에 오물이 닿기 쉬운 일이었다. 다영은 빠르게 일을 추진하기 위해 시공사와 의논해서 직원 한 사람을 파견받아 총무로 두고, 그에게 모든 실무를 맡겼다. 재개발에 동의하는 이들은 그 사실을 알고 있었으나 따로 이의를 제기하지 않았다. 누군가는 일을 추진하는 이가 있어야 할 것이었고, 다영이 따로 욕심을 내서가 아니라는 것을 이해했기 때문이다.

현주가 알기에, 다영에게는 정말 사사로운 욕심이 없었다. 다영은 오래되어 낡은 마을을 살기에 편리하고 쾌적한 공간으로 만들 수 있다면, 그 기회가 재개발뿐이라면, 그것을 적극 활용하는 게 좋겠다고 생각했다. 시공사와 협약을 했다. 마을 부지 절반은 아파트를 짓고, 대신에 부지 절반에 공공도서관을 지어달라고 했다. 그것도 자신이 요구하는 최적의 상태로 짓되, 그 운영은 전적으로 자신에게 맡겨달라는 조건을 걸었다.

돈이 됨직한 스포츠 센터나 메디컬 센터나 복합 쇼핑몰도 아니고 공공도서관을 지어달라면서 운영권까지 달라는 요구에 쉽게 응할 토건 자본은 우리나라에 존재하지 않는다. 줄다리기 끝에 다영은 시행사와 타협을 했다. 다영의 요구대로 도서관을 짓되 이십 년 후엔 도서관 운영권을 회사에 넘기기로 한 까닭은, 전적으로 시공사의 이미지 개선을 위해서였다.

재벌급 시공사는 그 무렵 임대했던 아파트를 분양으로 전환하면서 지나치게 많은 분양가를 요구하는 일로 마침 사회적 비난을 받고 있었고, 자칫 검찰 수사로 이어질 조짐을 보였다. 시공사는 페이퍼 컴퍼니에 불과한 자회사들을 동원하여 전국 곳곳의 신도시와 공공택지를 무더기로 낙찰받아 자신들의 배를 불렸다. 그들이 편법낙찰과 불법 전매로 취득한 공공택지들은 국민의 주거 안정을 위해 그린벨트를 택지로 용도 변경하고, 지역민들의 토지를 수용해 국민 세금으로 인프라를 깔아 조성한 땅이었다.

다영은 다영대로 나름의 계산이 있었다. 다영이 생각하기에, 그만한 기간이면 공공도서관이 제자리를 잡을 것이고, 나중에 회사로 운영권이 넘어간다 해도 도서관의 역할은 해낼 것으로 보았다.

“아니, 우리가 알고 싶은 것은 왜 도자기 찻잔을 던져 머리를 깨버렸는가 하는 거라니까, 왜?”

형사의 목소리에 짜증이 묻어났고, 현주는 그만 일어나고 싶었다. 저간의 사정은 다 알게 되었고, 머리를 다쳐 피를 많이 흘렸던 다영은 다행히 깨어났으니, 준영도 크게 문제되지는 않을 것이었다. 병원에 들러 응급실에서 회복실을 거쳐 일반 병실로 옮긴 다영을 보았다. 경찰서에서 나올 때 뒤를 돌아 준영을 보지는 않았다. 선한 마음을 지닌 누구라도 스스로 억제하기 어려운 어떤 감정이, 꼭꼭 묻어두었던 그것이 어느 때 걷잡을 수 없이 분출되기도 할 것이었다. 다만 뒷감당도 스스로 해야 할 일이라고 현주는 그렇게 생각했다.

그런데, 저 사람은 혹시 다영을 좋아했을까, 마음에 둔 상대방에게 그 마음을 열어 보이지 못하고, 아니 상대의 마음을 얻지 못해서 저 혼자 오만가지 생각을 하다가 재개발이라는 문제로 생각이 다른 걸 확인하자 그만 그런 짓을 저도 모르는 사이에 저지르고 만 건 아닐까.

도시가 살아나려면 최대한의 규모로 공공도서관을 짓는 것이 가장 좋은 방법이라고 다영은 생각했다고 그랬다. 그야 병원에서 정신없는 때에 물어볼 수는 없었고, 다영이 퇴원하고 나서 서너 달쯤 지났을 때 현주에게 전화가 왔었다. 가을이 깊어 가던 때였다.

"나는, 그냥…… 우리가 살았던 동네를 좀 더 의미 있는 장소로 만들고 싶었을 뿐이야. 네가 내 진심을 알아주었으면 좋겠어."

"그래 너는 누구보다 네가 태어나고 살아왔던 동네를 좋아했으니까, 나는 네 말을 믿어."

그날, 다영은 많은 말을 했다. 도서관이 왜 중요한가를, 굳이 현주를 설득할 필요가 없었는데도 열심히 이야기했다. 전화기 너머 다영의 이야기를 들으면서 현주는 정작 그 사람, 준영은 어떻게 되었는지 궁금해서 미칠 것만 같았다. 그러나 다영이 먼저 말을 하면 또 모를까, 자신이 먼저 꺼낼 일은 아니라고 생각했다.

기존의 도서관이 책을 빌려주는 기관의 논리로 운영되고 있는 데 반해 책을 읽거나 빌려 가는 시민의 입장으로 사고를 전환한 가장 성공적인 경우가, 하필이면 일본 사가현의 다케오 시립도서관이다.

다케오는 인구 오만 명의 작은 지방 소도시다. 그러나 도서관을 짓고 나서 13개월이 지나자 백만 명이 넘는 독자가 도시를 방문했고, 도시의 인구는 증가세로 돌아섰다.

그런 일이 어떻게 가능했을까. 수십만 권의 도서를 비치한 내부는 따뜻한 조명과 높은 층고, 커피를 마시며 편안하게 책을 읽고 이야기를 나눌 수 있는 넓고 독립된 공간들, 무엇보다 어떤 책을 읽으면 좋을까 고민하는 독자를 위해 사서들을 분야별 전문가로 교육해서 배치했다. 늦게 퇴근하는 직장인들을 위해 밤늦게까지 문을 열었고, 연중 단 하루도 쉬는 날이 없다. 도서뿐만 아니라 게임과 음반과 영상 소프트웨어를 비치하고, 대여와 판매가 동시에 이루어질 수 있는 시스템을 만들었다. 주차장은 충분하게 여유가 있고, 건물은 중후하면서도 세련된 형태와 디자인으로 단장했다. 이용자의 사십 퍼센트가 외지인이어서 관광 수입도 늘고 시의 재정도 흑자로 돌아섰다. 도시의 사람들은 도서관에서 책을 읽고 이야기를 나누고 비즈니스를 했다. 도서관이 그들의 생활 공간이 되었다. 비좁은

주차 공간, 대체로 일몰 이후에는 이용할 수 없는, 더구나 차를 마시거나 담소를 나누는 것 자체가 금기인 우리 형편과는 많은 차이가 있었다.

다영은 일본 사가현의 다케오 시립도서관을 견학할 기회가 있었을 때, 도서관에 관한 모든 정보와 기록을 정리해왔고, 목포에도 그런 도서관을 지으면 좋겠다는 꿈을 갖고 있었던 모양이었다.

꿈은 모든 꿈의 속성이 그렇듯이, 그 자체는 아름다웠다. 문제는, 왜 혼자서만 그런 생각을 하고, 실제로 그와 같은 일을 무모하게 추진하려 했는가에 있었다. 고향을 사랑하고 고향이 지속적인 발전을 이루기를 원했기 때문이라 해도 그것을 왜 자신만이 할 수 있다고 생각했던 걸까.

준영과 그의 친구들은 다영의 마을에 들어오기 직전에는 원도심 오거리의 적산가옥들을 빌려 작업 공간으로 활용했었다. 그러나 몇 년이 지나면서 낡고 오래된 거리에 어쩌다 관광객들이 늘어나고 도시 재생 사업을 통해 집값이 오르는 기미를 보였다. 적산가옥의 주인들은 그들에게 감당하기 힘든 보증금을 요구했고, 그들은 결국 내쫓겼다. 그런데 그들이 갖고 있는 것 거의 전부를 투자해서 겨우 활성화한 마을과 작업 공간들이 이제 막 자리를 잡고 빛을 보려 할 즈음에 모두 비워달라는 요구를 받게 되었다.

준영은 다시 한번 크나큰 좌절감을 느꼈다. 더구나 그 까닭이 재개발을 위한 것이었고, 재개발 예정에 관해서는 처음부터 귀띔도 듣지 못했으니 결국 다영이 그들을 이용한 셈이라고 생각했다.

그런데 정작 모두를 이용한 것은 지상의 모든 것을 시장 관계에 끌어들이고 사람의 온갖 활동을 자본 축적의 논리로 지배하는 어떤 것, 그게 아닐까. 다만 그것은 너무도 거대한 추상이고 다영은 눈앞의 실제였을까.

어쨌거나 좋은 생각이 좋은 결과를 만들 수 있을 거라는 순정한 생각은 그러나 무위로 돌아갔다. 재개발 사업은 기한 없이 미뤄지고 있었고, 준영은 집행유예로 풀려났으나 그의 인생에 오점을 남긴 탓에 어디론가 종적을 감춘 모양이었다. 다영은 준영이 자신을 좋아한다는 것을 물론 모르지 않았다. 어떻게 그것을 모를 수 있겠니, 하고 다영이 말했을 때, 현주는 그건 그렇지, 하고 연거푸 고개를 끄덕였다. 다영은 때가 되면 자신의 마음도 준영에게 열어 보이려 했다. 그런데 그만 그가 의도했거나 아니거나 상관 없이 자신에게 폭력을 행사한 데 대해 용서할 수 없었다. 다만 처벌을 바라지는 않았다고 했다.

"그건 그렇지, 어떻게 용서가 되겠어?"

현주는, 전화를 끊고 나서 생각했다. 용서할 스 없는 대상은 비단 준영 하나뿐이었을까.

나뭇잎이 어지럽게 떨어지던 늦은 가을, 현주는 김은주 선생을 만나 저녁을 먹었다. 한남동 고급 주택가 한적한 골목길에는 이탈리아 요리를 파는 가게가 더러 있다. 한우 채끝 스테이크와 구운 야채, 단호박 퓨레, 그리고 파스타에 포도주 한두 잔씩만 곁들여도 꽤 그럴듯한 모양의 식사가 된다. 물론 대접이 필요한 이들과 식사할 때 혹은 연애 초기 때의 연인들이나 가는 곳이다. 그런 의미에서 보면 김은주는 현주에게 특별한 사람은 아니다. 학부 때 김은주가 강의하는 교양수업 하나를 들었을 뿐이고, 그래서 굳이 스승이나 제자라는 촌스러운 관계라 할 수도 없다. 대학원 석박사, 그것도 박사과정 때 지도교수가 아니라면 그냥 스쳐 지나는 것이 서로 편리하다.

그런데 생각해보면, 김은주는 좀 특별했다. '근대 문화유산과 지역' 과목을 수강 신청하고 수업 첫날 강의실에 들어갔을 때, 작은 체구에 짧은 커트 머리, 그리고 화이트 실크 블라우스 차림의 그녀가 눈에 띄었다. 젊은 여성의 짧은 커트 머리는 페미 성향을 드러내는 표지라고 주목과 비난을 동시에 받던 때였다. 그런데 화이트 실크 블라우스는 스윗한 여성스러운 이미지를 표현하는 데 적합한 의상 스타일이다. 물론 여성의 흰색 정장은 20세기 여성 참정권 운동의 한 상징으로 여겨지기도 했지만, 검은색 단화를 신고 베이지색 면바지 위에다 화이트 실크 블라우스라는 그 부조화가 현주의 흥미를 끌었다. 타인의 시선 특히 옷차림 따위에는 신경 쓰지 않겠다는 그 무신경이 마음에 들었다. 학위를 받고 나서 첫 강의라고 했다. 은근하게 떠도는 풍문도 있었다. 김은주 선생이 박사과정 중에 시간 강의 하나를 맡는 일로 어느 못된 선배에게 성폭력을 당한 일이 있었다는 이야기였다. 타인의 일에 유독 관심이 많은 세태여서 그게 사실인지 아닌지를 두고 속된 이야기가 떠돌기도 했으나 현주는 흘려들었다. 그보다는 그녀가 제시한 강의계획서가 흥미 있었다. 군산과 목포 지역을 중심으로 근대 문화유산에 깃든 지역민의 삶과 정체성을 살펴보겠다고 되어 있었다. 근대 건축을 전공하는 현주는 무엇보다 근대도시 군산과 목포에 관한 이야기가 흥미 있겠다 싶었다. 그런데 수강 신청 정정 기간 일주일 동안 많은 학생이 빠져나갔다. 자칫하면 강단에 서고 첫 강의인데 폐강될지도 모른다는 조바심이 현주를 사로잡았다. 친구 셋을 억지로 수강 신청하게 해서 데리고 들어갔던 일을 그러나 현주는 이후에도 말하지 않았다. 그녀의 자존심을 건드릴 일이었고, 강의 만족도가 아주 높았기 때문이었다.

김은주 선생은, 식민 시기 건축된 대부분의 근대 문화유산이 일본제국주의자들의 식민 지배의 역사적 정체성에 대한 고민의 흔적 없이 전시되고 있는 것을 매우 비판적으로 보았다. 현주가 그녀를 선생과 선배로 얼마간 존중하게 된 까닭을 말하라면 그것이 전부였다. 같은 고향이라는 사실은 그다지 중요하지 않았다. 오히려 가끔 부담되는 느낌이었다. 그건 김은주도 마찬가지였는데, 그래도 두 사람은 종종 연락을 주고받았다. 같은 여성이었고, 자라면서 마주칠 기회가 없었다는 게 오히려 이상하게 느껴졌지만, 태어나 자란 곳이 같은 동네였다. 둘 다 고향을 떠나왔고 고향에 대한 별다른 미련이 없었기 때문에, 그리고 독신자들이어서 가능한 일이었다.

현주는 목포에서 있었던 일들에 관해 이야기했고, 김은주는 행복원에 관한 말을 할까 망설이다가 그만두었다. 행복원에서 자랐다고 하면 현주가 어떤 반응을 보일까 궁금했으나 굳이 번거로운 일을 만들 필요는 없다고 생각했다. 인간은 타인의 결점을 보고 웃는 존재라고 했던 옛 철학자의 말을 김은주는 상기했다.

"그랬구나, 그런 일이 있었구나", 김은주는 고개를 끄덕였다. 자기 이야기에 빠져 있던 현주가 말했다.

"선생님, 그것은 어쩔 수 없는 일이었어요. 그렇지 않나요?"

밥을 먹고 차를 마시고 잘 들어가라는 인사를 나누고 지하철을 타기 위해 계단을 걸어 내려가다가 김은주는 생각했다. 어쩔 수 없었다는 말은 재개발에 동의하지 않을 수 없었다는 뜻일까, 그런 말인 건 같았지만, 또 다른 무엇을 말하는 것은 아니었을까. 목포신항에 거치되어 있는 녹슨 세월호 선체처럼 오랜 시간이 흘렀어도 여전히 비탄에 잠겨 있는 사람들은 있겠지만, 이제 그 일은 우리의 일은 아니어서 그만 잊어도 그건 어쩔 수 없는 일이긴 할 것이었다. 현주가 언뜻 그런 말을 하기도 했다.

그 일도 그렇지만, 행복원에 의탁하고 살아야 했던 많은 시간을 다만 기억에서 지우려 애썼던 일도 내겐 어쩔 수 없는 일이긴 했을까. 아버지의 억울한 죽음과 어머니의 영문 모를, 사실은 억울하기 이를 데 없는 죽음까지도 나는 여태 기억에서 밀어내려고 기를 쓰면서 살아왔으니까. 김은주는 가슴에서 시뻘건 용광로가 끓어오르는 것 같았다. 먹었던 음식과 술을 다 토해냈다.

3

사람의 향기

비린내

목포 어름에 가까이 들어서니 갯비린내가 났다. 나는 코를 찡그렸다. 까닭은 모르겠지만 유난스레 비린내가 싫어서 생선 반찬을 거의 먹지 않는다. 그런데 또 바다장어 구이와 신선한 생선회와 초밥은 좋아한다. 어릴 때 잘 먹고 산 것이 아닌데도 식성이 까다로운 까닭을 도무지 알 수 없다. 아버지가 어부였으니 가난했어도 끼니마다 생선이 올라왔을 것인데 그래서일까. 생선 비린내가 가난을 상기하는 냄새일까.

신축 아파트들이 곳곳에 들어서 있는 게 보였다. 현주가 했던 말들이 생각났다. 어쩔 수 없는 일이었다는 말을 떠올릴 때마다, 무엇이 어쩔 수 없었다는 걸까, 가끔 스스로 물었다. 창밖을 보던 오카모토 선생이 한국의 도시엔 고층 아파트가 무척 많군요, 목포도 그러네요, 하고 말을 걸어왔다.

일본의 소도시들에는 우리처럼 고층 아파트가 아닌 오래된 주택들이 많았다. 오래된 집이어도 살아가는 궤 그다지 불편이 없어 보였다. 집의 규모도 그리 크지 않았다. 우리는 대도시는 말할 것 없지만 지방 소도시나 시골에도 아파트가 기존의 집들을 밀어버린 자리에 들어서고 있다. 그것은 좋다거나 혹은 그렇지 않다거나 하는 가치판단의 영역을 넘어선 것이기는 했다. 나도 관리가 상대적으로 편리하고 안전도 보장되고 비용도 감당할 만한 작은 아파트에 거주한다. 아파트 한 채가 재산의 거의 전부인 대다수 서민의 경우와 마찬가지로 그럴듯해 보이는 단독주택은 내게 언감생심이다. 삼사십 년이 지나면 무엇보다 내가 그렇게 되겠지만, 작은 아파트도 낡고 허름해져서 그 쓸모를 다할 것이다.

현주가 했던 말, 어쩔 수 없는 일이었다는 말은 오래되어 낡고 누추해진 오래된 마을을 재개발하지 않을 수 없었다는 뜻이었을 것이다. 오랜 친구였던 다영과 뜻이 다를 수밖에 없었던 것도, 현주로서는 어쩔 수 없는 일이었을 것이다. 현주는 서울로 가고 다영은 고향에 남았고, 하는 일이 서로 달랐으니 가꾸거나 지키고자 하는 일이나 그 가치가 같을 수는 없었을 것이다. 살다 보면 어쩔 수 없는 일이 종종 있다는 것도 이해한다. 식민자들의 도시였을 때도 주어진 삶을 감당하지 않을 수 없었던 사람들은 받아들여야 할 일이 있었을 것이다.

오카모토 선생은 음식을 가리지 않는다고 했다. 목포엔 겨울 숭어가 맛있다고 해서 우리는 숭어회에 맑은 탕국을 먹었다. 오카모토 선생은 기름장에 찍어 먹는 숭어회의 꼬들꼬들한 식감에 매우 흡족해했다. 사케 중에서도 준마이는 알코올 첨가 없이 쌀로만 만들어 그 맛이 부드러웠다. 한국의 음식점에서 판매하는 소주는 대부분 주정을 희석한 것이지만, 알코올 본래의 맛을 완전히 가릴 수는 없어서 아무래도 뒷맛이 독한 편이다. 선생은 희석식 소주의 독한 맛이 오히려 생선회의 잔 비린내를 잡아준다고 내게도 권했으나 나는 운전을 해야 했다. 겨울이고 늦은 저녁이라 밤바람이 찼으나 우리는 바닷가 인근 주차장에 차를 두고 조금 걷기로 했다. 저기 행복원이 보였다. 오카모토 선생의 눈길이 그쪽에 머물고 있어서 나는 행복원에 대해 내가 들은 것을 이야기했다. 행복원을 만들어 아이들을 돌보았던 두 사람에 관한 이야기였다. 그것은 무엇보다 사람의 향기에 관한 오래된 이야기였다.

고하도

1942년 여름이었다. 사내아이에게서는 냄새가 났다. 시큼한 개펄 냄새와 물비린내가 섞여 있었다. 다우치 지즈코는 작은 두통을 느끼며 아이를 건너다보았다.

동혁이라는 이름의 맨발의 사내아이는 몰골만 겨우 사람 꼴을 갖추고 있었는데 깊은 두려움에 떨고 있었다. 빡빡 밀어버린 머리에는 군데군데 부스럼 딱지가 앉아 있고 파리한 얼굴에는 드문드문 버짐이 피어 있었다. 헐벗고 초라한 행색으로 가린 여윈 몸피는 금방이라도 쓰러질 듯 위태로워 보였다. 앳된 얼굴이었으나 그래도 꼭 다문 입이 다부지고 패인 눈매가 제법 야무졌다. 열세 살이라고 했다. 초여름이라고는 하지만 물은 차고 바다는 그 깊이를 알 수 없었다. 헤엄쳐 나올 마음을 먹다니, 무모하기 이를 데 없었으나 기특하기는 했다.

어린아이들을 붙잡아 가둬두고 무엇을 하겠다는 것인지 충분히는 알지 못했다. 말로는 소년범들의 갱생을 위한 시설이라고 했다.

주로 서울 지역의 아이들을 데려왔다고 들었다. 공부를 가르치고 바른 행실을 익혀서 사회로 내보내는 일이 그들의 할 일이었을 것이다. 그러나 실상은 죽음보다 못한 생지옥이라고 들었다. 그도 그럴 것이, 일본은 1923년 감화령을 발표하고 1924년 10월 1일 함경남도 영흥에 조선총독부 직속의 감화원(感化院)으로 영흥학교를 설치한다. 영흥학교의 설립 목적은 8세에서 18세의 소년으로 불량 행위를 하거나, 불량 행위를 할 우려가 있는 자를 감화시킨다는 것이었다. 그들이 규정한 불량 행위에는 가벼운 절도뿐만 아니라 항일독립운동도 포함되었으며, 1938년 10월에는 목포의 고하도에도 목포학원이라는 감화원을 추가로 설치하였다. 1942년엔 감화령을 보다 강화한 조선소년령을 발표하면서 경기도 안산의 선감도에 선감학원이라는 감화원을 추가로 설치하였다.

고하도의 감화원은 고하도 내에서도 일반 주민들이 살고 있는 원마을과 떨어진 용머리 해안가에 자리하고 있었다. 입구는 숲으로 둘러싸여 있어 주민들과는 격리된 채였으나 저도는 소문을 모두 틀어막지는 못했다. 수용한 인원이 많아서 주변의 논을 경작하거나 과수원을 운영해야 했다. 먹을거리를 마련하기 위해서였으나 그러는 과정에서 마을 사람들과 우연히 마주치는 일은 불가피했다. 고하도는 땔감으로 쓸 나무가 부족해서 마을 사람들 일부는 감화원 소유의 산속에 들어가 몰래 나무를 베다가 마찰을 빚기도 했다. 어린아이들을 모질게 다룬다는 소문은 그렇게 퍼져나갔다. 다만 간여할 수 있는 일은 아니었다. 사실은 자신들의 삶을 감당하는 일만으로도 숨이 벅찼다. 늙은 어부는 두려움에 떨고 있는 앳된 아이를 씻기고 먹이고 재웠다.

최동혁은 자신을 구해준 늙은 어부의 집에서 하룻밤을 묵었다. 바다를 함께 건너다 혼자 죽은 쌍둥이 형의 얼굴이 자꾸만 떠올라 서러운 눈물이 끊임없이 흘렀다. 얼굴이 퉁퉁 붓고 바닷물이 가득 찬 배가 풍선처럼 부푼 채 죽은 형의 모습이 지워지지 않았다. 무엇보다 형의 주검에서는 썩은 생선 창자에서 풍기는 듯한 역겨운 냄새가 났다. 그래서 형의 모습을 외면해야 했던 것에 소년은 죄책감을 느꼈다. 어부가 행여 자신을 주재소로 넘길까 봐 두려움에 깊은 잠을 자지도 못했다. 뛰쳐나가 아무 데나 몸을 숨길까 생각도 했지만, 너무 지치고 고단해서 몸을 움직이는 것도 힘들었다.

어부는 보는 눈 없는 어둠을 틈타 죽은 사내아이를 산기슭에 묻고 왔다. 반나절의 시각이 지났을 뿐이었으나 죽은 아이에게서는 날카롭게 코를 찌르는 시취가 났다. 여름이었기 때문이었다. 어차피 아무도 기억하지 않을 아이여서 묻은 곳에 따로 표시를 해두지 않았다. 아이는 그때까지도 뒤척이다가 어부의 인기척을 듣고 잠든 체했다.

어부가 아침에 멀건 된장국에 구운 멱갈치 한 토막과 보리밥 한 그릇을 내왔다. 죽은 쌍둥이 형을 기억에서 밀어낼 만큼이나 달큼한 냄새였다. 아이는 잠깐 어지럼증이 일었다. 맛있게 먹어 치운 다음 동혁은 그를 따라 아리랑고갯길을 걸어 행복원으로 왔다. 순전히 어부의 배려 덕분이었다. 얼마간 계산과 염려를 하지 않은 것은 아니었으나 어부는 살겠다고 바다에 뛰어든 아이를 다시 죽을 곳으로 보내고 싶지는 않았다. 평생 후회로 남을 일이라고 그는 생각했다. 주재소로 넘겨졌더라면 다시 감화원으로 끌려갔을 것이 빤했다.

동혁은 그 이후를 상상하고 싶지 않았다. 생각하고 싶지 않았다. 빠져나가려고 몸부림을 치다가 다시 붙잡혀온 다른 원생들에게 무슨 일이 벌어졌는지 또렷하게 떠올랐다. 동혁은 저도 몰래 숨을 크게 몰아쉬다가 의미를 알 수 없는 고함을 지르면서 쓰러져 정신을 잃고 말았다. 눈동자와 고개가 한쪽으로 돌아가고 입에는 하얀 물거품이 고였다.

"쯧쯧, 어린것이 간질인가 봅니다. 먹는 게 부실했겠지요."

흐린 눈으로 오랫동안 아이를 지켜보던 어부는 고개를 숙여 인사를 건네곤 이내 돌아갔다. 사무실에는 다우치 지즈코만 남았다.

남편 윤수현은 바깥일을 보려고 아침 일찍 시내로 나가고 없었다. 윤수현은 목포 일대는 물론이고 도청 소재지가 있는 광주에까지 가서 기독교 복지단체 사람들을 만나는 일이 중요한 일과였다. 행복원의 운영과 유지는 거의 전적으로 외부의 후원에 의지하고 있었다. 자립을 하고 싶었으나 아이들의 숫자가 불어나고 있어서 다른 방법이 없었다. 후원자들은 고맙기 그지없는 사람들이었다. 다른 요구를 하는 것도 아니었다. 다만 아이들에게서 얼마간, 그것을 명료하게는 이름하지 못하겠으나, 얼마간의 냄새가 난다고 귓속말로 낮게 속삭이곤 하는 걸 들을 때는 마음이 흐려졌다. 다섯이나 여섯 살쯤 되는 어린 여자아이들을 번쩍 들어 안아보던 후원자의 얼굴에서 웃음이 사라지는 것을 재빨리 외면해야 할 때도 있었다. 부지런히 씻기고 허름한 옷일망정 자주 갈아입혔어도 아이들에게서는 생선 비린내가 나기는 했다.

윤수현의 중요한 일 다른 하나는 거지나 부랑아나 고아들을 달래서 행복원으로 데려오는 일이었다. 1928년부터 그러했다. 십여 년이 훌쩍 지난 이때에는 돌보아야 할 아이들의 수가 이백여 명을 넘어서고 있었다. 입히고 먹이고 가르치며 돌보야 할 손이 항상 부족했다. 결혼 전의 자신이 그랬던 것처럼 헌신적인 자원봉사자들이 고마울 뿐이었다. 그래서 다우치 지즈코는 지금의 일이 힘들다고 생각하지 않았다. 힘이 드는 건 어쩌면 내색하지 않는 남편일 것이고 아무리 마음 써서 보살핀다 해도 마음이 그늘져 있는 저 아이들일 것이었다.

윤수현과 다우치 지즈코 부부는 따로 거처를 마련하는 대신 행복원에서 아이들과 함께 살았다. 아이들이 느낄 소외감을 덜어주려면 그것이 마땅한 일이라고 생각했고 비용을 절약할 현실적 필요도 있었다. 그즈음 다우치 지즈코에게는 겨우 돌이 지난 아들이 하나 있었다. 그 아들도 다른 아이들과 다를 것 없이 보모들의 손에서 자라고 있었다. 아이들을 골고루 돌보느라 정작 자신의 아이에겐 수유도 제때 못 할 때가 많았다. 젖몸살 탓에 몸에서 미열이 났다. 지금 저 아이는. 다우치 지즈코는 젖가슴을 지그시 누르며 풍뎅이처럼 누워서 가쁜 숨을 내쉬고 있는 초췌한 몰골의 사내아이를 내려다보았다. 어떻게든 살아보겠다고 고하도를 벗어나 내게로 온 저 아이는, 제 어미에게서 따뜻한 젖을 제대로 먹어보기는 했을까.

사내아이가 흉몽에서 깨듯 눈을 떴다. 이제 어떤 일이 일어나도 두렵지 않을 것 같은 눈이었다. 따뜻한 물을 건네며 지즈코가 일렀다. 잘 왔다. 이제부터 여기가 네 집이다. 마음 굳게 먹고 살아야 한다. 네가 죽음을 각오하고 저 바다를 헤엄쳐 나오던 날의 그 다짐을 언제나 잊지 마라. 아이는 온몸을 들썩이며 서럽게 울었다. 울음 사이로 갯내가 묻어났다.

윤수현

열 살 난 사내아이 윤수현은 읍내로 3·1 만세 시위를 구경하러 나갔다가 시위대를 무자비하게 진압하는 헌병들에게 붙들리고 말았다. 붙들렸다기보다는 머리통이 깨지는 참사를 겪었다. 그는 사실상 아무것도 하지 않았고 무엇보다 어린아이였다. 잃어버린 나라를 되찾고자 한다는 어른들의 말을 온전하게 이해하고 있는 것도 아니었다. 그로서는 본래 가진 게 없었으므로 되찾아야 할 것이 따로 있지도 않았다. 그의 부모는 그에게 드물게 말했다. 대체로 그렇긴 했지만, 일이 마음처럼 풀리지 않을 때 스스로를 위로하듯 그랬다.

"지금은 우리가 이렇게 비천하게 살지만, 예전에 우리 선조는 양반이었다."

몰락한 양반의 문중 땅은 다카다라는 일본인 지주 손에 넘어가고 윤수현의 부모는 소작조차 떼이고 말아서 하루 한 끼조차 먹일 수 없는 빈농의 상태에 있었다. 그럴진 데, 예전에 우리 선조가 양

반이었다는 말, 그게 어떻다는 것인지, 그러니 무엇을 어떻게 하라
는 말은 따로 없었고 그의 부모들 역시 사실은 속수무책이었을 것
이다. 다만 몰락한 양반의 후손이라고 했으니 그렇다면 양반이라
는 모종의 상징 같은 것 하나를 잃어버렸는지 몰라도 그것 역시 자
신과는 상관없는 일이었다. 하물며 나라라니, 그보다는 항상 허기
가 문제였다. 그런데 나라를 되찾아 허기를 채울 수 있다면 나쁠 것
은 없겠다는 생각은 들었다. 물론 나라를 되찾는다고 허기가 채워
질 것은 아니라는 것쯤은 어린 나이였으나 그도 모르지 않았다. 광
주에서 공부하다 내려왔다는 마을의 청년 두엇이 자신들의 집에서
부정기적인 야학을 열어 꼬맹이들에게 공부를 가르쳤다. 나라가
망한 데에는 무엇보다 문맹이 적지 않은 영향을 끼쳤다고 믿었던
그들은 나라를 되찾으려면 글을 배워야 한다고 믿고 있었다. 그 틈
틈이 제국주의자와 자본가들에게서 노동자의 권리를 되찾아야 한
다고, 농사지을 땅은 지주들에게서 농민들에게로 돌아가야 한다고
도 말하곤 했다. 빼앗긴 나라뿐 아니라 인민들의 권리를 되찾는 것
역시 매우 중요한 과제라고 했다. 그러한 말 역시 온전하게 이해하
지는 못했으나 아무튼 허기를 채우기엔 무엇으로도 역부족이라고
윤수현은 나름으로 세상을 읽고는 있었던 것이다. 겨우 열 살 정도
의 어린 소년이었으나 윤수현은 완전한 사회에서는 풍요와 이타성
이 생길 거라고 믿은 마르크스의 순정 역시 신뢰하지 않았다. 야학
이 오래 계속되지는 못했으나 윤수현은 그들에게서 한글을 배울 수
있었던 데 만족했다. 학교에 다닐 수 없었던 그는 그것만으로도 고

마운 일이었다.

아무려나 그는 동네 꼬맹이들과 벗해서 어른들의 꽁무니를 따라 가까운 읍내로 나갔다. 햇살 부드럽고 바람 싱그러운 봄날이었다. 그렇다고 이제 열 살 난 사내아이가 할 수 있는 일은 없었다. 사람들에게서 평소와는 다른 모종의 열기와 단호한 결기를 느꼈고, 그것이 자칫 위태롭다는 생각이 들자 다만 누구도 다치지 않고 하루가 마무리되기를 바랐다. 무섬증이 달려들었기 때문이었다. 그러나 헌병들은 아이들마저 가만 내버려두지 않았다. 만세를 부르며 행진하는 사람들이 총격을 받고 피를 흘리며 넘어져 마침내 대오가 급속하게 허물어졌다. 그때 그의 머리통에 사정없이 날아와 박힌 몽둥이에 머리가 으깨져 윤수현은 그만 의식을 잃고 말았다. 자지러지는 비명과 혼란스러운 신음 사이로 역한 피비린내가 났다.

주검처럼 방치됐던 사내아이를 거둔 건 함평 읍내에 옥동교회를 세운 미국인 선교사 마틴 부인이었다. 조선 사람들은 착검을 한 채 거리 곳곳을 지키고 있는 총독부 헌병들의 기세에 눌려 쓰러진 사람들을 병원으로 옮기거나 시신을 장사 지낼 엄두를 내지 못했다. 사흘 동안 모든 시위 현장을 그대로 보존하고 시신을 장사 지내는 것도 금한다는 총독부의 명령을 어길 때 어떤 대가가 따를지 두려웠다. 그들은 제국에 저항하는 이들이 어떤 상태에 놓이게 될지 식민지인들의 눈으로 지켜보도록 했다.

마틴 부인은 미국인이었고 선교사였다. 그녀는 조선에 대한 일본제국의 강압적 지배에 대해 별다른 의문을 갖지 않아도 되었다. 상관없는 일이었고, 무엇보다 집단이나 개인에게나 시련은 하나님의 나라에 들기 위한 단련의 과정이라고 믿었다. 그래서 그녀는 만세운동에 관심이 없었지만, 신도들의 안부는 걱정되었다. 신도들뿐 아니라 모두에게 평화를 깃들기를 항상 기도했다. 무슨 명분으로도 폭력은 옳지 않은 것이었다. 마침 어린 사내아이가 피범벅인 채 쓰러져 있는 것을 보았다. 본 것을 보지 않은 것처럼 할 수는 없었다. 그녀의 신앙이 용서치 않았다. 지역의 헌병 지휘관 아내가 교회의 집사로서 신심이 깊은 것도 도움이 됐다.

윤수현은 당장에는 머리가 으깨져 죽은 것처럼 보였으나 사람 목숨이란 게 의외로 끈질긴 면도 있었다. 물론 작은 충격에도 허리가 꺾여 절명한 이도 있었으나 그는 오랫동안 치료를 해야 했고, 어딘가 몽롱한 표정을 짓는 때도 있었으나 목숨을 건질 수 있었다. 마틴 부인은 사내아이를 양자로 삼았다. 사람의 앞날을 짐작이나 할 수 있는 이는 아무도 없을 것이어서 윤수현의 부모나 더구나 그 자신은 어리둥절했다. 양자라면 부모와는 따로 살아야 한다는 것이 겠고, 아니라도 자식을 거저 내놓게 되는 셈일 텐데 부모의 마음은 어떨까 싶었다. 아래로 여동생 둘이 있었고 언제나 허기가 졌으므로 어쩌면 허기를 채울 수는 있을지 모른다는 기대가 매혹이긴 했다. 더구나 생명의 은인이기도 했다.

1919년 3월 1일 서울에서 시작한 조선득립만세운동은 총독부의 가혹한 탄압에도 불구하고 전국으로 확산하고 있었다. 단지 소리로써 독립을 외치고 종이나 헝겊 따위로 만든 태극기를 흔들었다는 이유만으로 총독부의 경찰과 헌병들은 사람들을 향해 총을 난사하고 몽둥이로 두들겨 패고 여자들의 나이를 가리지 않고 그들을 욕보였다. 호남 지역에서는 3월 5일 전북 군산에서, 전남은 광주에서 3월 10일 시위가 일어난다. 목포에서는 3월 20일에 최초의 시위가 있었고, 본격적인 시위는 4월 8일에 일어난다.

이민족의 억압에서 해방될 것을 염원하는 만세운동이 지방 소도시에까지 확산한 데는 다양한 계층의 활동가들이 지역에 존재했기 때문이다. 전남지역의 경우 특히 보통학교와 개량 서당에서 신식 교육을 받은 청년층의 활약이 컸다. 물론 전남지역에서 체포되고 수감된 인원은 여타 지역에 비해 상대적으로 많지 않았다. 까닭은 만세운동 이전인 1909년 일제에 의한 호남 의병 대토벌 작전으로 의병 활동이 불가능해지고 나서 투쟁 역량이 회복되지 못한 데 있었다. 의병 투쟁에 참여했던 유생들과 농민들이 다수 체포되거나 전사했던 것이다. 1910년 망국 이후에도 국권 회복 운동을 지속하는 이들이 없지 않았으나 은둔과 후학 양성으로 방향을 틀었던 이들도 많았다. 다른 하나의 까닭은 만세운동을 전국적으로 조직했던 천도교와 기독교 세력이 다른 지역에 비해 취약했다는 점이었다. 기독교 세력의 경우 아직 광주와 목포를 중심으로 한 도시 지역에서 농촌 마을까지로는 충분하게 세력을 뻗어가지 못하고 있었다. 다만 광주에서는 열흘가량 지속된 시위에 1천여 명의 사람들이 참여했는데, 많은 수가 기독교 계열의 학교에 다니던 어린 학생들이었다. 양림동을 선교 기지로 두고 교회와 학교와 병원을 설립하고 운영했던 영향이 컸다.

기독교회들은 본국에 더 많은 선교사를 파견해줄 것을 요청하는 한편 조선의 젊은이들에게 복음을 전하고 그들이 선교에 나설 수 있도록 모든 역량을 집중했다. 그렇다 하여 윤수현을 거둬들인 미국인 선교사 마틴 부인의 선의가 선교의 확장을 위한 여러 과정의 하나라는 뜻은 물론 아니다. 다만 조선 사회에서 기독교회의 확장이 조선인들의 삶에 끼친 긍정적이거나 혹은 부정적인 영향이 윤수현에게서 거의 그대로 드러나는 것은 흥미로운 일이다.

여학생들을 비롯한 개신교 신도들이 만세운동에 대거 참여하고 희생도 작지 않았으나 사실 서양인 선교사들이 개척한 지역의 교회들에서는 어떠한 명분이라도 폭력은 신의 뜻이 아니라고 생각했다. 주어진 상황을 수락하는 것은 굴종이 아니라 신이 예비해놓은 고난에 동참함으로써 종국에는 땅에서 신의 뜻을 이루는 데 기여하는 것이라고 했다. 일요일을 손꼽다 갔던 교회어서는 서양에서 온 선교사와 신심 깊은 신도들이 아이들에게 방금 그운 옥수수빵 하나씩을 주었다. 빵을 손에 쥐면 아직 남은 온기와 포슬포슬하면서도 촉촉한 느낌이 좋았다. 무엇보다 몸 구석구석에 스며드는 옥수수빵의 구수한 냄새가 황홀했다. 빵은 언제 올지 모르는 그 완전한 사회보다 훨씬 가깝고 구체적인 세상이었다. 윤수현은 맹렬하게 개신교의 신도가 되기로 결심한다.

그의 부모는 몰락한 양반의 후손이었다. 사실 조선 후기만 해도 몰락한 양반이 부지기수였다. 너나없이 그렇게 치부했다. 아무도 상민이나 노비의 후손이라고 하지 않았다. 전남 함평에서 그가 태어나던 1910년 무렵 당시 호적을 살펴보면 18세기 후반에 이르러 전체 인구 중에서 양반 인구가 절반을 넘어간다. 양반층 내부의 심각한 계층 분화가 진행되면서 몰락 양반이 속출했다는 뜻이다. 조선조의 지식인은 기본적으로 유학자, 선비였다. 이들의 사회적 신분 변동의 길은 과거에 급제하거나 학덕이 높다든가 하는 까닭으로 인한 천거가 통상의 길이었다. 그런데 세도정치로 인해 과거가 문벌과 당색에 의해 좌우되고 과거시험 자체가 요식행위에 불과해짐에 따라 몰락하는 사족들이 속출했던 것이다. 관직이 유일한 사회적 가치였던 조선 사회에서 이렇듯 유학자가 관직으로부터 차단되는 것은 경제적 몰락까지 수반하는 것이었다. 더구나 미처 손쓸 사이도 없이 나라가 망해버린 것이다.

목포 인근 함평에서 태어난 윤수현도 몰락한 양반의 후예로 그의 부모는 일본인 지주에게서 소작조차 얻지 못한 몹시 곤궁한 처지였다. 조선의 새로운 지배 세력이 된 일제는 토지조사 사업을 통해 당시 관아에서 저율의 소작료를 징수하던 관청 소유의 토지를 조선총독부 소유지로 편입시켰고 고율의 세율을 부과하기 시작했다. 총독부는 이 토지들에 대한 소작농의 경작권을 부정하고 소작료를 50% 이상으로 인상했다. 그 결과 경작권을 가지고 있던 한국 소작농은 그 권리를 잃어버렸을 뿐만 아니라 소작료 또한 총생산물의 50% 이상으로 인상됐다. 뿐만 아니라 민간의 토지 역시 조선총독부 소유로 강제로 편입시켜 한국 농민들의 토지를 빼앗았다.

토지조사사업이 종료된 1918년 12월 무렵어는 국토 총면적의 절반이 넘는 50.4%가 조선총독부 소유로 편입된다. 그 결과 한국인 지주제는 약화하고 지주제가 식민 지주제를 중심으로 재편되고 만다. 한국인의 사유지 상당 부분을 약탈해 강제로 편입시켰고, 일제 조선총독부는 한국 내 최대 지주로 올라섰다. 이를 통해 지세 수입의 원천을 대폭 확대하고 수입을 크게 늘려 식민지 조세 수탈을 강화했다. 그렇게 일본인들은 어느 틈에 조선의 지주가 되어 조선 농촌사회의 새로운 지배계급이 되어 있었다.

윤수현의 부모는 고향 마을을 떠나지 못하고 허드렛일로 목숨을 연명했다. 나중에는 대부분의 빈민들이 그랬던 것처럼 목포항의 하역 노동자로 일했다. 어머니는 교회와 선교사 사택의 가사 노동으로 생을 부지했다. 다행스러운 일은 옥동교회를 세운 미국 선교사 마틴 부인이 윤수현을 양자로 삼았던 일이다. 그는 마틴 부인의 후원으로 미션스쿨에서 공부하고 후일 기독교회의 선교사가 되었다. 풍족하지는 못했으나 그 자신이라도 굶주리는 일상에서 벗어날 수 있었다. 더 바랄 것 없는 삶이었다.

이제 청년 선교사 윤수현은 자신의 목숨을 살려낸 신의 뜻을 가슴에 새기고 자신을 거두어 준 마틴 부인의 은혜에 보답하는 것만이 사람으로서의 자신의 할 일이라고 생각한다. 오로지 선교 사역에 자신을 바치는 것 외에 다른 생각 다른 삶은 그에게 가능하지 않았다. 그에게 독립운동에 뛰어들거나 하지 않은 일을 탓할 수는 없다. 자신의 삶의 조건을 뛰어넘어 예외적 인간이 되기란 너무도 어려운 일이니까. 무엇보다 피식민지인으로서의 서러움과 고통 속에 놓였으나 대부분의 사람이 목숨을 내건 독립투쟁에 나서는 대신 주어진 삶을 살아내느라 힘들어했다.

다우치 지즈코

다우치 지즈코는 정명여학교 고등과(중학교)에서 음악을 가르치던 때 행복원으로 자원봉사를 하러 다녔다. 행복원은 목포 양동교회 전도사였던 윤수현이 다리 밑에서 생활하던 부모 없는 아이들 일곱 명을 데리고 시작한 작고 초라한 고아원이었다. 허물어져 가는 집 한 채를 빌려 행복원이라는 이름을 짓고 아이들과 빈약한 숙식을 함께했다. 그래도 아이들은 다리 밑보다는 집이라는 데 감동했다. 집이라니, 그들에게도 집이 아예 없지는 않았으나 부모 중 누군가가 병으로 죽거나 감옥에 갇히거나 만주로 떠나거나 하는 과정에서 아이들은 들짐승처럼 버려졌다. 돌봐줄 사람이 생겼다는 데 대해서도 사실 충분하게 신뢰하지는 못했으나 의지처가 있다는 것이 좋았다.

윤수현은 다른 사람의 눈에는 과하다 싶을 열정으로 선교에 몰두했다. 사람들이 많이 모이는 장터나 역 앞에서 예수를 믿지 않으면 지옥에 갈 것이라는 무서운 말로 신앙의 길로 들어서기를 강조

했다. 이른바 노방전도였다. 그것은 신앙에 관심이 없는 이들에게는 눈살을 찌푸리게 하는 일이기도 했고, 질서를 중요하게 여기는 총독부에서 금하는 것이기도 해서 윤수현은 여러 차례 구치소에 구금되었다. 구치소에는 대체로 굶주림을 면하기 위해 도둑질을 하다 붙잡혀 온 이들이 많았다. 그들의 입에서는 심한 구취가 났다. 잘 씻지 않은 몸에서는 이가 득실거리기도 했다. 하루라도 빨리 하나님의 나라가 땅에서 완성되기를 그는 갈망했다. 그에게 완전한 사회란 하나님의 나라가 땅에서 이루어지는 것이었다. 그는 조금도 의심하지 않고 그런 날이 올 것을 믿었다. 무구한 아이들은 하나님의 나라가 땅에서 이루어질 때 가장 먼저 축복받을 대상이었다.

구치소에서 나오던 날 우연히 그의 눈에 띈 일곱 명의 고아를 그는 모른 체 지나칠 수 없었다. 매우 분명하고 구체적인 사역의 길이라고, 그것은 이를테면 운명일지도 모른다는 예감이 들었다. 무엇보다 그가 어렸을 때 거의 죽음의 상태에 있을 때 착한 사마리아인처럼 자신을 구해주고 양자로 거두어준 마틴 부인의 그 마음을 헤아려보았다. 헐벗고 굶주린 자에게 자비를 베푸는 일이야말로 하나님의 말씀을 실천할 수 있는 가장 올바른 길이라고 윤수현은 믿었다. 그러나 혼자의 힘으로 현실을 감당하기에는 힘이 들었다. 비를 피할 장소는 구했으나 빈약할지라도 매번의 식사와 갈아입을 옷가지를 마련하는 일과 그들의 교육에 바칠 손이 필요했다. 다행히 그는 교회의 선교사였다.

다우치 지즈코는 교회에서 윤수현이 도움을 청하는 이야기를 자주 들었다. 주일예배가 끝나면 친구 두엇과 함께 유달산 자락 산동네 작고 비탈진 아리랑고갯길을 걸어 행복원에 갔다.

그녀는 남촌의 일본인 거주 지역 관사에서 살았다. 도로와 상수도가 잘 마련되고 번듯한 서양식 가옥이 즐비한 풍족하고 세련된 동네였다. 유달산을 중심으로 북쪽에 있는 조선 사람들의 거주지는 옹기종기 붙은 초막들이 비탈진 산길을 따라 위태롭게 지어진 빈민굴이었다. 조선 사람들의 야윈 몰골은 핏기가 없어 보였고 헐벗은 모습의 아이들은 아무렇게나 방치되다시피 했다. 간혹 오고 가는 길에서 마주하게 되는 그런 풍경들은 지즈코의 마음을 불편하게 했다. 종일 아이들을 씻기고 함께 놀고 공부를 가르치다 보면 그런 마음이 다소간 지워졌다.

아이들은 처음에 낯설어했다. 그보다는 본능적으로 일본 사람인 지즈코에게 냉담했다. 어쩔 수 없는 일이라고 생각하면서도 가끔 섭섭했다. 사정은 모두 다르지만 버려진 아이들이었고 누군가의 도움이 절실하게 필요한 아이들이었다. 그런 일에 조선인과 일본인을 따지고 가리는 게 무슨 의미가 있나 하고 가끔 회의가 들었다. 그럴 때 윤수현을 바라보곤 했다. 윤수현은 자신보다 겨우 세 살인가 위일 뿐인 아직 젊은 나이인데도 아이들을 돌보는 것을 자신의 소명처럼 생각하는 듯했다. 신앙의 힘일 테지만 굳이 그렇게까지 하지 않아도 될 힘든 일이었다. 그의 일이 선교사니까, 그렇다면 사람들에게 신앙을 갖게 하고 좀 더 나은 삶을 위해 고단한 일상에도 지치지 않도록 격려하는 일만으로도 충분하지 않을까 싶었다.

일주일에 한 번이었지만 행복원에 다니는 시간이 점차 늘어나면서 다우치 지즈코를 기다리다가 그녀에게 반갑게 달려드는 아이들이 생겼다. 오랫동안 데면데면하던 사내아이들의 표정에도 웃음이 담겨 있었다. 정에 굶주린 아이들이어서 쉽게 마음을 열지는 않았지만, 나중에는 봇물이 터지듯 자신의 이야기를 먼저 하려고 서둘렀다. 윤수현은 변함없이 아이들의 부모 노릇을 해내고 있었다. 그런 윤수현을 우러러보는 마음이 깊어가고 있었다. 양에게 물을 먹이고 있는 라헬의 모습에 반했다는 야곱처럼 윤수현도 지즈코를 볼 때마다 마음이 따뜻했다. 그러나 그는 가난한 조선인이었고 지즈코는 총독부 산하의 목포시청에 근무하는 일본 관리의 딸이었다.

두 사람은 지즈코가 스물일곱 되던 해 1939년 10월에 결혼했다. 윤수현은 그녀보다 세 살 위였다. 누구나 그럴 테지만 두 사람의 결혼은 쉬운 일이 아니었다. 조선 사람들은 일본 여성인 그녀에게 드러나지 않게 냉담했다. 일본 사람들은 미친 짓이라고 수군거렸다. 실제 지즈코의 친구 하나는 조선 청년과 결혼하겠다는 말을 해서 그녀의 아버지를 격분케 했다. 뺨을 맞고 집 안에 감금되다시피 했다. 누구라도 특히 여성은 부모의 허락을 받지 않고는 혼인이 가능하지 않았다. 지즈코는 다행스럽게도 조산원으로 일하고 있던 어머니의 지지가 있었다.

그녀의 남편은 한 해 전, 너무 이른 나이에 죽어서 지즈코의 결혼에 대해 가타부타 말할 수 없었다. 일곱 살에 데리고 왔던 딸아이가 어느덧 스물일곱의 장성한 여성이 되어 있었다. 굳이 고향인 시코쿠 고치로 돌아가기엔 조선에서 너무 오래 살았고 내선일체를 강조하는 총독부의 정책에 의문을 가질 까닭도 없었다. 이미 조선은 일본과 다를 것 없었다. 문명의 진보와 사회의 변화에 동반하여 이상적인 가정의 모범을 강조하는 가정박람회가 일본에서는 물론 경성에서 열리기도 했다. 지즈코의 어머니는 이상적인 가정의 기본은 결혼 당사자 두 사람의 자유로운 선택과 상호 존중에 있다고 믿었다.

다우치 지즈코가 결혼을 결심하던 무렵 다양한 계층의 여성들이 식민지 조선에 들어왔다. 당시 조선에 들어와 있던 일본인 여성들은 식민자로서의 특권을 부여받은 것과 함께 남성 중심의 가부장적 규율에 희생당했고, 식민자로서의 전쟁 협력을 요구받는 간단치 않은 위치에 있었다. 파도와 거친 바람이 부는 세상의 바다와 같은 식민지 조선의 특수한 상황에서 여성의 역할은 일본인 가부장의 안주인으로서의 책무와 함께 성적 서비스의 제공자로서의 의미도 있었다. 아무려나 총독부는 식민지를 안정적으로 또 영구적으로 지배하기 위해 일본식 가정의 정착을 우선적인 목표로 제시하였다.

지즈코의 어머니는 보통의 일본인 여성이었다. 일본 정부와 조선총독부의 조선 지배 정책에 순응했다. 남편을 일찍 저세상으로 보낸 후 조산원으로 일하면서 교회에 더욱 의지하는 것으로 상실감을 달래고 있었다. 그녀에게 딸 지즈코는 유일한 혈육이었다. 지즈코는 영민한 데다 더없이 선량한 딸이었다. 윤수현 역시 가난한 조선 청년이었으나 독실한 크리스천이었다. 지즈코의 어머니는 기회

있을 때마다 청년을 유심히 살폈다. 지즈코가 청년을 바라보는 눈
에 기쁨이 가득한 것을 보았기 때문이었다.

목포 인근 함평에서 태어난 윤수현은 몰락한 양반의 후예로 그
의 부모는 일본인 지주에게서 소작조차 얻지 못한 몹시 곤궁한 처
지였다고 했다. 옥동교회를 세운 미국 선교사 마틴 부인의 후원으
로 미션스쿨에서 공부하고 선교사가 되어 고아들을 돌보고 있는 신
실한 청년이었다. 살아가는 일이 풍족하지는 않겠다는 염려가 없
지는 않았으나 딸아이의 선택을 지지하고 싶었다.

그즈음 총독부에서는 조선어 사용을 금지하고 창씨개명을 강
요하면서 소위 동화정책을 강화하고 있었다. 1938년 이후에는 내
선일체론의 일환으로 일본인과 조선인 사이의 통혼인 내선결혼이
장려되기에 이르렀다. 실제 일본인 남자가 조선인 여자와 결혼한
경우보다 조선인 남자가 일본인 여자와 결혼한 경우가 더 많았다.
1941년에는 내선결혼을 촉진하기 위해 조선 총독이 양국 사람끼
리 결혼한 가정에 내선일체를 표현한 족자와 기념품을 보내기도 했
다.

그렇다 하여 총독부의 하급 관리였던 지즈코의 아버지가 살아
있었다면 그런 결혼을 환영했으리라고는 생각되지 않는다. 그녀의
아버지는 그냥 보통의 일본 남성이면서 하급 관리였다. 그는 목포
시청 주택과에 근무했다. 북촌에 거주하는 조선 사람들의 주택과
상하수도, 도로 등을 관리하는 일을 맡아 했다. 그다지 인기 있는
업무는 아니었고 조선인들에게 사실상 해줄 것도 없는 일이었다.

특별히 조선인을 멸시하는 사람은 아니었으나 조선 사람들의 삶 자체가 더러움과 불결함에 잠겨 있다고 생각했다.

"조선인들에게서는 심한 구취가 나."

그는 종종 이맛살을 찌푸렸다. 일본이 엄연히 다른 나라인 조선을 식민 지배하는 건 기본적으로야 옳지 않은 일이지만 조선인의 미개 상태를 문명으로 이끌기 위해서는 그것은 어쩔 수 없는 일이었다고 믿었다. 1930년대 중반 2천 2백만 명의 조선인을 통제하기 위해 일본제국은 5만 2천 명의 일본 관리를 고용한다. 그중 한 명인 다우치 지즈코의 부친이 자발적으로 식민지 조선으로의 전출을 원했는지는 알 수 없다. 다만 당시의 일본의 식민지 지배와 수탈은 조선 총독을 비롯한 고위 관료 등 일부의 명망 있는 정치가 집단이나 군부에 의해서만 이루어지지 않았다. 식민지 지배는 오히려 그 이름조차 알려지지 않은 수많은 사람을 통해 유지 강화되었다. 조선의 식민 지배는 메이지 유신 이후 정한론으로 대표되는 노골적인 침략 사상에 물든 정치가 집단과 군인들에 의해 주도되었으나 일본의 많은 서민들이 조선에 건너와 식민지 지배 체제를 견고하게 쌓아 올렸다.

1910년 한국을 강제 점령하던 당시만 해도 17만 명이 넘는 일본인들이 이미 조선에 건너와 있었다. 비옥한 농지의 확보와 소작제 농장 경영을 통한 미곡 유출은 당시 인구가 급증하던 일본의 식량 문제 해결에 절대적으로 필요한 일이었다. 군산과 목포의 개항 이후 호남 지역의 일본인 인구는 급증하게 된다. 일본인들은 신분

여하를 가리지 않고 식민지로 몰려들었다.

지즈코의 아버지와 같은 하급 관리들도 일본의 다른 서민들과 그리 다르지 않은 욕망을 지녔을 것이다. 식민자로서의 온갖 특권을 활용하면서 일본 국내에서의 삶에서 더욱 도약하고자 하는 욕망을 지니고 식민지로 전출을 희망했거나 이동 명령에 따랐을 것이다. 어쨌거나 그가 살아 있었다면 윤수현과 다우치 지즈코의 사랑은 일정한 시련을 겪어야 했을 것이다. 지즈코와 그녀의 어머니는 물론 윤수현도 그렇게 생각했다. 만사가 다 해결된 것은 아니었다.

윤수현의 어머니는 양반집에서 일본인 며느리를 들일 수 없다면서 식음을 전폐하며 반대하고 나섰다. 그들의 집안 선조들 중 누가 언제쯤 무슨 벼슬을 했는지 알려진 건 없었고 변변한 소작도 얻지 못해 남편은 부두 노동자로 일하다 먼저 죽었고 자신은 교회의 온갖 잡다한 일을 하면서 아이들과 연명하고 있던 처지였다. 그래도 양반의 후손이라는 허울은 그녀에게 마지막 남은 자존심이었다. 일본인에 대한 적대의 감정도 한몫했을 것이다. 왜 아니겠는가.

일본은 자국의 농민들을 조선으로 대거 이주시켰다. 일본에서 소작 빈민층이었던 이들이 조선에서 토지를 소유한 자작농으로, 나아가 지주층으로 성장했다. 조선총독부의 온갖 특혜도 있었지만, 무엇보다 당시 조선의 지가가 일본 관서 지방의 10% 정도에 불과했으므로 한국에 진출한 일본인은 일본 국내의 소유 토지를 처분하면 무려 수십 배나 되는 소작지를 보유한 식민지 대지주가 될 수 있었다. 1904년 당시 일본 국내 평균 전답 매매 가격은 논 150원,

밭 86원이었으나, 한국의 지가는 상답 15~20원, 중답 10~15원, 하답 10원 이하였다. 일본의 거대 자본은 대농장을 경영하면서 조선의 농민들을 예속 지배하였고, 그 과정에서 윤수현의 부모를 비롯한 수많은 조선의 소작농과 빈농들은 소작조차 얻지 못해 자식들 끼니조차 제대로 해결하지 못하는 비참한 상황으로 내몰렸다. 많은 가족이 해체되고 아이들이 버려졌다. 그런 상황에서 누구라도 일본인 며느리를 들인다는 것은 용인하기 어려운 일이었을 것이다. 지즈코도 친척과 친구들에게 미쳤다는 소리를 들었다. 그와의 결혼은 최선일까, 후회하지 않을 자신은 있는 걸까를 그녀는 거듭 생각했다.

그러나 독실한 크리스천이던 즈지코의 어머니는, 하늘나라에는 일본인 조선인 구별도 없다, 네가 사랑한다면 결혼을 말리지 않겠다고 격려했다. 어머니의 격려와 지지가 없었다면 지즈코의 잠시 흔들리던 마음이 그대로 굳어졌을지도 몰랐다. 다른 하나는 윤수현에 대한 연민의 감정이었을 것이다. 사랑보다 강한 것이 연민이다. 사랑은 사람을 떠나게 할 수도 있지만 연민은 사람을 떠나지 못하게 한다. 대가를 바라지 않고 버려진 아이들을 위해 헌신하고 있는 그를 떠날 수 없다고 지즈코는 생각했다.

그들이 만난 곳은 교회였다. 교회는 적어도 겉으로는 일본인이나 조선인이나 차별하지 않았다. 교회를 세운 선교사들은 서양인들이었으니, 그들에게는 다 같은 동양인일 뿐이어서 그랬을 것이다. 교회는 조선의 정치적 상황에 대해 말하지 않는, 식민지 조선에서의 거의 유일한 장소였다. 일본 정부도 일본 기독교연합회가 조선에 대한 전도를 결의하고 목사들을 파견할 때 교회 건축과 전도 비용을 지원했다. 한국인을 기독교로 개종시키는 것과 함께 일본 인으로 동화시키고자 한 식민 지배 정책에 부합했기 때문이다. 서양의 선교사가 세운 교회와 일본의 교단에서 세운 교회는 조선에서 별다른 갈등을 일으키지 않았다. 그들이 신앙의 대상으로 삼는 하나님이 서로 다른 하나님이 아닌 까닭이었다.

교회는 다만 어려움에 처한 사람들에게 조건 없는 환대를 강조했고 그것의 실천을 위한 일에 관심을 쏟았다. 병들어 길거리에 버려진 사람들과 불우한 여성들과 과부와 고아들을 거두어 돌보았다. 소박맞고 매 맞는 여성들과 윤락녀로 전락할 위기에 있는 소녀들을 돌보고 교육하고 자립적 삶을 도왔다. 아이들의 헐벗음에는 더욱 동정했다. 식민지 조선에서 빈민들의 헐벗고 내버려진 삶을 돌보았던 기관은 거의 전적으로 기독교회였다. 일본제국주의자들이 조선인들을 배제와 차별과 동화를 통해 지배하고 일본의 목회자들이 세운 교회는 관용을 내세워 조선인들을 포섭했다면, 서양의 선교사들이 세운 교회는 환대의 윤리로 조선인들을 대했다고 할 수 있다.

윤수현을 양자로 들이고 그가 근대식 교육을 받을 수 있도록 후원했던 마틴 부인도 그러했다. 대가를 바라지 않고 자비를 베푸는 행위를 환대로 규정할 수 있다면 서양 선교사가 세운 교회의 선교사가 된 윤수현이 고아들을 모아 돌보았던 것 또한 그렇게 말할 수 있을 것이다. 그는 굶주림이 무엇인지 뼛속 깊이 이해하고 있었다. 굶주림은 인간을 동물의 상태로 내몰고 자신을 돌보기는커녕 다른 사람들을 해치는 행위에도 아무런 망설임이나 죄의식 따위를 갖지 못한다는 것을 알고 있었다. 주변부에 오래 더문 자만이 그 어두운 세계를 온전히 이해할 수 있듯이 윤수현이 진정 그러했다. 그는 무엇보다 가난하고 굶주리는 아이들을 동정했다. 버려진 아이들을 다 품고 싶어 했다.

다우치 지즈코는 아이들에게 저녁을 먹이고 설거지를 마치고 아이들의 잠자리를 살피고 그렇게 하루를 마무리한 다음 늘 그랬듯이 책상에 앉아 기도를 드리고 일기를 썼다. 간명했다. 오늘 하루도 별 탈 없이 지나갔다. 하나님과 도움을 준 닮은 사람에게 고마울 뿐이다. 그렇게 기록해두었다.

저녁 늦게 남편 윤수현이 어린 사내아이 둘의 손을 잡고 행복원으로 돌아왔다. 여섯 살 그리고 열댓 살쯤 되어 보이는 사내아이들이었다. 남편은 피곤해 보였으나 새로운 아이들을 데리고 온 까닭이었는지 짐짓 쾌활한 목소리였다. 아이들이 딸려 나와 윤수현이 데리고 온 앙상한 몰골의 아이들을 말없이 지켜보았다. 지금의 숫자도 넘쳤다. 먹을 것과 입을 것이 언제나 부족했다. 아이들끼리의 자잘한 다툼과 알력이 없지 않았다.

행복원에서는 아이들을 한 반에 열 명가량 모여서 생활하도록 했다. 비슷한 나이대와 소년 소녀들을 구분해서 그렇게 했다. 그중에서 가장 나이가 많은 아이를 반장으로 지명해서 나름의 평온이

유지되도록 했다. 새로 들어온 아이 중에 반장을 맡은 아이보다 나이가 더 많거나 거칠 것 없이 살아온 경우엔 드러나거나 드러나지 않게 작은 말썽이 있었다. 어린아이들 입장에서도 새로 들어온 아이들에게 원장 부부의 관심이 집중되는 까닭에 관심과 사랑을 나누어 갖는 일이 매번 즐거운 일이 아니기도 했다.

자, 여기가 이제부터 너희들이 살아갈 집이다. 이분은 너희들의 엄마다. 윤수현이 새로 온 아이들에게 지즈코를 소개했다. 남겨둔 간소한 식사를 나눠 먹고 아이들은 새로운 형제들을 소개받은 다음 쭈뼛거리며 배정받은 방으로 들어갔다.

행복원에서도 아이들은 더러 다투고 가끔 뛰쳐나가곤 했다. 정해진 시간표에 따라 일어나고 청소하고 공부해야 하는 나름의 규칙이 몸에 익숙해지려면 시간이 오래 걸렸다. 바다를 헤엄쳐 고하도에서 벗어난 동혁은 그러나 행복원의 생활에 빨리 적응했다. 감옥 그 자체였던 감화원과 비할 바가 아니었다. 지즈코는 동혁이 고하도에서 왔다는 것을 누구에게도 말하지 말 것을 당부해두었으나 그게 될 일이 아니었다. 아이들은 자연스레 동혁의 주위에 몰려들어 아무리 생각해도 불가능할 것 같은 그의 탈출 이야기를 눈을 깜빡이며 들었다. 아이들은 들었던 이야기를 또 해달라고 채근한다.

최동혁은 쌍둥이 형과 함께 바다에 뛰어들던 때를 상기한다. 초여름이었어도 해 질 무렵이라서 그랬는지 물은 놀랄 만큼 차가웠고 물살은 거셌다. 팔을 내저을 때마다 근육이 아팠고 곧바로 몸이 마비됐다.

"아무런 생각이 나지 않았어. 그냥 이대로 죽는가 보다 했어……."

행복원을 뛰쳐나갔던 아이들이 제 발로 다시 돌아오기도 했다. 밖이라고 그들을 반갑게 여기는 곳은 없었고, 까딱하다간 고하도에 있는 감화원으로 끌려갈지도 몰랐다. 1938년 10월 고하도에 목포학원이라는 이름의 감화원이 들어섰다. 고아나 어린 부랑아들 그리고 소년 범죄자들을 수용해서 보호하고 공부를 하게 해서 제국에 충성하는 건강한 아이들로 자라게 돌보는 곳이라 했다. 그러나 사실은 총독부의 지시에 따른 소년들의 강제수용소였다. 수용된 아이들은 대부분 부모나 친척이 없는 아이들이었으나 길거리를 헤매고 있는 아이들을 붙잡아 오기도 했다. 지능이 낮은 아이들이 많았다고도 했다. 그런데 또 잘 이해되지 않는 것은 개원 당시 수용했던 아이들의 숫자가 33명인데 직원은 18명이나 되었다. 본래는 소년 범죄자들의 갱생을 목적으로 한다고 했으나 그런 아이들보다는 고아들을 수용 대상으로 한 것이 의아했다. 아이들은 헐벗고 굶주려가면서 날마다 무지막지한 구타를 당하며 강제노역에 동원되었다. 도망갔다 붙잡혀 온 아이들은 예외 없이 죽을 때까지 죽도로 온몸을 두들겨 맞았다. 아이들은 피를 토하고 단말마처럼 비명을 지르고 죽어갔다. 시신은 방치되었다. 형용할 수 없는 시취가 났다.

다우치 지즈코 부부는 차마 동혁의 그런 말들이 믿기지 않았다. 그곳에서 삼 년쯤 지냈다고는 하지만 아직 어린아이의 말이었다. 아이들은 그 또래의 아이답게 의외로 순진했으나 악의 없는 거짓말을 하거나 경험을 과장해서 말하기도 했다. 그러나 믿지 않을 도리도 없었다. 꾸며낸 이야기라고는 생각되지 않을 만큼 구체적이었고 꾸며낼 까닭도 없었다. 사실은 잘 알지 못했으나 그런 비슷한 말들을 듣고는 있었다. 아이들을 돌보는 일에만 관심을 갖자고 다짐했고 실제로도 아이들을 돌보는 일만으로도 숨이 가쁘던 시절이었으나 고하도 목포학원에서 일어나고 있는 일들이 소문으로 건너오는 것을 영 듣지 않은 것은 아니었다.

유달산 아래에 자리하고 있다 해서 고하도라 부른 작은 섬 고하도는 영산강으로 통하는 길목의 관문 역할을 하는 섬이었다. 일본 식민 당국은 고하도 용머리 서쪽의 돌출된 지형에 바다를 통해 감화원으로 출입할 수 있는 부두를 만들고, 그 주변에 감화원을 설치했다. 주민들의 거주 공간과는 최대한 멀리 떨어진 곳이었다. 목포 해안가에서 바라볼 때 산 너머 해안가여서 감화원의 모습이 시야에 들어오지 않는다. 그들은 왜 저렇듯 사람들의 눈을 피해 감화원이라는 것을 만들고 수용한 아이들을 죽을 만큼 두들겨 팼을까. ‘충성스러운 황국신민 양성’이 저들의 교육목표였다는데, 고문에 가까운 일상적 폭력과 위협이 교화 수단이었다니 도무지 믿기지 않았다. 폭력은 저항 의지를 사라지게 만들고 절망과 체념과 순종에 감염된 비인격을 만들어낸다. 폭력의 출발은 일방성이고, 폭력의 결과는 파괴성이다. 식민 당국의 궁극적 의도는 무엇이었을까. 목포와 가까운 신안 자은도와 한운리 깃대봉 중턱에는 이십여 기의 동굴들이 인공적으로 조성되었다. 일본해군의 군수품 보관과 이동

통로, 그리고 벙커 등의 기능을 목적으로 조성된 것이다. 고하도 해안가에도 일제강점기 패망 직전 시기 군사 작전용으로 조성한 인공 동굴이 그대로 남아 있다. 그래서 '충성스러운 황국신민 양성'의 목표는 무엇이었을까. 확실한 것은 없다. 여러 풍문이 있으나 분명한 것은 그들이 아이들을 혹독하게 다루었다는 것이다.

지즈코 부부는 동혁의 이름을 민혁으로 바꿔 기록해두기로 했다. 혹여 나중에라도 친부모를 만날 수 있는 기호가 오기라도 한다면 이름에서라도 얼마간의 단서를 찾을 수 있도톡 하자는 마음에서였다. 그동안 친부모를 찾아 집으로 돌아간 경우는 사실 없었고 동혁이라는 이름도 제 이름인지 확신할 수는 없었다. 감화원으로 끌려간 아이들은 맨 먼저 이름과 나이를 새롭게 부여받는다고 했다. 아이는 제 이름이 분명 동혁이라고는 기억했다. 민혁이라는 새 이름을 무척 낯설어했으나 행여 고하도 사람들이 찾아오면 큰일이겠지 하는 말에 퍼뜩 정신을 차렸다.

얼마간의 염려가 현실이 되는 데 그리 많은 시간이 걸리지 않았다. 주재소 순사 한 명을 대동하고 고하도에서 왔다는 남자 둘이 행복원을 찾아온 것은 동혁이 행복원으로 들어온 지 한 달 정도 지난 때였다. 지즈코만 있었다. 아주 다행스럽게도 동혁은 뒷산으로 도망을 가서 붙들려 가지는 않았다. 그러나 아이들을 심문한 순사가 감화원에서 탈출한 소년이 얼마간 머물렀다는 것과 소년의 이름이 동혁이라는 것을 확인한 터여서 지즈코 부부는 고초를 겪어야 했다. 동혁의 행방은 묘연했다.

시련이 지나면 환희의 때가 오기도 한다는 것을 행복원 아이들은 물론 조선 사람들 대부분이 온몸으로 느꼈다. 드디어 해방을 맞은 것이다. 다만 8 · 15 광복은 대다수 한국인의 기쁨이었지만, 지즈코와 윤수현 부부에겐 또 다른 시련의 시작이었다. 남편은 친일파, 부인은 원수 나라의 여자로 낙인찍힌 것이다. 지즈코는 늙은 어머니와 함께 쫓기다시피 고향인 고치현으로 돌아갔다. 그런데 행복원의 아이들과 목포 시민들이 나서 윤수현 부부가 아이들을 위해 어떤 헌신을 했는지 열심히 변호했다. 이에 용기를 얻어 지즈코는 다시 행복원으로 돌아왔다.

1950년 6 · 25전쟁이 터져 그들 부부에게 또 시련이 닥쳤다. 북한군이 목포에 진입하자 부부는 고아들을 버려두고 우리만 도망칠수 없다며 행복원을 지켰다. 북한군은 윤수현을 붙잡아 친일파에다 미국 선교사의 앞잡이 노릇을 했고, 이승만 정권 아래서도 목포 구장(區長)을 지낸 반동분자라며 인민재판에 회부했다. 이때도 행복원의 아이들과 시민들이 이분을 처형하려면 우리를 먼저 죽이라고 항의했다. 더하여 오래전 뒷산으로 도망쳐 고하도 감화원으로 다시 붙들려 가지 않았던 동혁이 인민군 복장을 하고 나타났다.

"원장 동무."

갇혀 있다 막 풀려나 초췌한 몰골의 윤수현은 동혁을 만나 반가우면서도 자신을 원장 동무라 부르는 동혁의 건조한 목소리를 듣고 만감이 교차했다. 처음에는 그가 누구인지 낯설었으나 그의 곁에서 있는 지즈코가 오래전 행복원에 잠시 머물렀던, 고하도를 헤엄쳐 건너왔던 동혁이라고 띄엄띄엄 설명을 하자 비로소 그를 알아볼 수 있었다.

"두 분은 제게 처음으로 사람의 향기를 알게 해준 분들입니다. 두려움에 떨던 저를 따듯하게 맞아주고 씻기고 먹이고 재워주셨지요."

행복원에 찾아온 일본 순사와 고하도 감화원 사감을 피해 달아났던 그는 무작정 서울을 향해 걸었다고 했다. 그가 낯선 사내들에게 붙들려 올 때 아마도 서울 언저리쯤 아니었을까 하는 희미한 기억 때문이기도 했고, 목포에서 가장 먼 곳으로 가야 살 수 있다는 생각 때문이었다고 했다. 해방을 맞아 사람들은 기뻐했으나 동혁은 일본군 대신 미군으로 가득한 거리가 여전히 두려웠다. 누가 언제 또 그를 붙잡아 말도 되지 않는 암흑 구덩이로 집어 던질지 알 수 없는 일이었으니까. 그래서 그는 군사분계선이 그어지기 전 북으로 갔다고 했다. 그리로 가면 살 수 있을지 모른다는 희망만으로.

동혁은 스물한 살의 의젓한 청년이 되어 있었으나 아직도 소년티가 다 가시지 않은 말간 얼굴이었다. 인민군 복장을 하고 눈앞에 서 있는 그를 보자 지즈코와 윤수현 부부는 아무 말 없이 동혁의 거친 손을 마주 잡고 고개를 끄덕였다.

그러나 인민군이 물러가고 다시 국군이 들어오자 윤수현은 이번엔 인민군 부역자로 지목돼 구속됐다. 목포에 들어온 인민군이 행복원에 인민위원회 사무실을 설치하고, 윤수현에게 목포 죽교동의 인민위원장을 맡게 했던 탓이었다. 시련이 끝나지 않았다. 더 큰 시련은 전쟁통에 행복원 아이들이 굶어 죽을 위기에 놓이자 1951년 어느 날 먹을 것을 구하러 광주에 갔다가 행방불명된 일이다. 전남도청 담당자를 만나 긴급 구호를 요청한 뒤 여관에 묵었다가 건장한 청년들에게 끌려갔다는 게 마지막 목격담이었다. 빨치산에게 희생됐을 것이란 소문이 무성했다. 물론 확인된 건 아무것도 없었고, 난리통에 소문이란 애초에 믿을 게 못 되긴 했다.

지즈코는 그러나 다시 일본으로 돌아가지 않았다. 남편의 생사를 알 수 없었기에 그가 언젠가 돌아오기를 기다려야 했고, 그녀만 바라보고 있는 아이들의 두렵고도 슬픈 눈망울들을 차마 외면할 수 없었다. 남편은 지즈코가 죽을 때까지 돌아오지 않았다.

"나는 이제 하나님의 나라에서 그이를 만나려나 봐요." 희미한 미소를 지으며 마침내 그녀가 눈을 감았다. 1968년 10월 31일 새벽 2시, 만 56세의 나이였다. 공교로운 일인데, 지즈코가 영면에 든 날은 그녀가 태어난 날이기도 했다.

영결식에서 행복원 고아 출신의 한 추모객이 낮은 목소리로 애도의 말을 낭송했다. 여전히 말간 얼굴의 중년 사내가 낮게 울먹였다.

"눈물과 피와 땀으로 씨를 뿌린 사람이 있다면 어머니, 그건 당신입니다. 언어도 풍습도 다른 이 나라에서 배고픔에 굶주려 우는 아이들을 모아 당신의 손으로 밥을 지어 먹이셨습니다. 그것은 비린내와 구취와 시취까지 모두 감싸 안은 사람의 향기였습니다."

"내일 날이 밝으면 함께 행복원에 가볼까요?"

오카모토 선생이 따뜻한 미소를 건네며 내게 물었다. 글쎄요, 난 아무런 말을 하지 않았다. 어쨌거나 행복원은 내 청소년기의 보금자리였다. 억울하게 목숨을 잃은 부모님의 한을 풀어드려야 한다는 생각은 대학원에 진학한 후에야 겨우 들기 시작했다. 행복원에서 보낸 어린 시절은 다만 생존에 급급했던 시기였다. 때로는 외롭고 서러워서 몇 번이나 바닷속으로 몸을 던져버리려 시도했던, 기억에서 지워버리고 싶은 곳이기도 했다.

아주 가끔, 고하도 감화원을 탈출해서 행복원으로 왔다던, 그러다 그를 붙잡아 가려던 이들을 피해 달아나고, 어쩌다 인민군으로 다시 돌아왔다는 최동혁이라는 사람을 생각하곤 했다. 한 번도 보지 못했던 사람이니까 그의 얼굴을 알지 못하고 그래서 희미하게라도 실루엣을 상상조차 할 수 없었으나, 어딘가 살아 있기는 할까, 아니 그 사람의 나이를 어림해보면 90세가 조금 넘었을 테니 살아 있을 가능성이 크지는 않지만, 만약에라도 그가 살아 있다면 꼭 만나보고 싶었다. 우리 아버지는 북으로 납북되고 나서 해주에 머물렀다는데, 최동혁 그 사람이 아버지를 찾아왔었다고 했다. 아버지의 재판 기록에 남아 있는 내용이었으니 그것을 그대로 믿어야 하는 건지 분별이 어려웠으나, 달리 방법도 없었다. 그는 고향 사람이어서, 아니 그 사람의 고향은 불분명하지만, 고하도와 행복원에서 잠시 지내기는 했으니 목포에서 왔다는 어부 소식이 반가웠을까. 모를 일이다.

오카모토 선생이 원했으므로 나는 선생을 행복원으로 안내해 드렸다. 건물 입구엔 "사랑이 있는 한 인간의 내일은 걱정이 없다"는 문장이 아치형 간판에 쓰여 있었다. 강물처럼 흘러간 시간 속에서 아련한 기억들이 흔들렸다. 깊은 밤, 영문도 모른 채 집에 불이 났고, 잠들었던 어머니는 나를 들어 업은 채 맹렬하게 타오르는 불꽃 사이를 뛰쳐나갔다. 마당에 나를 내려놓고 어머니는 뒤를 잠깐 돌아보았는데, 아마도 어머니는 아버지의 사진을 꺼내오려고 그랬는지 다시 집 안으로 뛰어 들어갔다. 화마가 안채를 다 태우고 동네 사람들이 발을 동동 구르며 안타까워했어도 어머니는 밖으로 영영 나오지 못했다. 마당으로 내던진, 불에 그을리고 깨진 액자 속에 내 아버지가 젖먹이인 나를 안고 들여다보며 웃고 있는 사진이 있었다고 했다.

거두어 주고 보살펴준 행복원 선생님들의 노고를 사랑이라는 말로 표현하기엔 한없이 부족한 것을 나는 물론 알고 있다. 그랬어도 서울로 간 이후 한 번도 찾아오지 않았던 까닭은 기억하고 싶지 않아서였다. 아무것도 무엇이든 기억하고 싶지 않았다. 아직도 50여 명의 아이들이 행복원의 보살핌을 받고 있었다. 지금도 아이를 버린 이들은 대체 어떤 사람들일까. 어쩔 수 없는 일이 있기야 하겠지만 아이를 버린 이들은 아무렇지도 않다는 듯이 하루하루 평온할까. 그들도 아무것도 기억하고 싶지 않아서 아이를 버린 행복원 근처엔 얼씬도 하기 싫은 것일까. 나는 혼자서 현주의 옛집이 있는 동네에 가보았다. 내가 태어난 곳, 오래전 흔적조차 사라졌지만, 내

부모님이 살던 동네이기도 했다. 행복원에서 가까운 거리에 있었다. 얼굴이 기억나지 않는 아버지와 느닷없이 치솟는 불길 속에서 나를 구하고 당신은 그만 목숨을 잃었던 어머니가 다시 생각났다. 갑자기 뜨거운 눈물이, 오래 참고 있었던 눈물이 쏟아졌다. 다영이라는 현주 친구를 만나볼까, 생각했다. 사진 작업을 했다는 준영이라는 청년 소식도 궁금했다. 그러나 내가 뭐라고, 나는 오래된 마을 입구에 잠시 서 있다가 돌아섰다.

2022년 겨울, 목포에는 눈이 내리고 있었다. 고등학교를 마치고 서울에서 대학 공부를 하기 위해 검정 비닐 가방 두 개에 내 모든 짐을 싸 들고 용산행 기차를 타던 오래전 내 모습이 흐릿하게 떠올랐다가 사라졌다. 그날도 폭설이 내렸었다. 나와 함께 행복원에서 지냈던 아이들과도 연락이 끊겼다. 머리를 빡빡 밀고 검정 교복을 입어야 했던 중학생 시절, 말이 거의 없던 한 남자아이의 얼굴이 흐릿하게 떠오른다. 학교마다 지정된 교복의 단추가 있는데, 그 친구는 고아원에서 얻어 입힌 누군가의 낡은 교복을 입고 다닌 죄로 매시간 수업에 들어오는 교사들에게 불려 나가 뺨을 맞곤 했다. 왜 지정된 단추가 아닌가를 묻지 않고 그 시절의 교사들은 교칙 위반이라는 것만으로 뺨을 마구 때렸다. 그것이 부당하고 안타깝고 화가 났으나 우리는 아직 어려서 하릴없이 그 친구가 맞을 때마다 내가 맞는 것과 비슷한 고통을 느꼈다고 나는 기억한다. 형편이 어렵거나 부모가 없어 보육원과 같은 양육 시설에 있는 아이들이 지금도 대략 5천 4백여 명이라는 뉴스를 보았다. 이 가운데 매년 천여 명은 만 열여덟 살이 되어 고등학교를 졸업하면 무조건 퇴소를 해야 하는 모양이다. 나도 그랬으니까. 그렇게 보육원을 나온 보호 종료 아동들 중 사십 퍼센트가량이 사회의 빈곤층으로 전락하고 있다고 했다. 그보다 더 심각한 문제는 그들의 선배들 일부가 잠잘 곳을 마련해준다며 유인해서 성매매를 시킨다거나 바람직하지 않은 일에 가담시키기도 하는 모양이다. 종종 들은 이야기다.

특히 대학생이 되어 자신의 삶을 만들어나가기 위해 무던 애를 쓰면서 살아가고 있는 보육원 출신 한 여자아이에게 벌어진 어느 중년 남성의 못된 짓에 관한 뉴스를 보기도 했다. 그 남성은 여학생이 보육원에 있을 동안 지원해주었던 학비의 대가를 치르라며 홀로 살고 있는 집으로 수시로 찾아와 오랫동안 성적 폭력을 행사했다고 그랬다. 여학생은 어릴 때부터 그녀에게 따뜻하게 대해주면서 경제적으로 후원해주었던 '키다리 아저씨'에 대한 엄청난 배신감과 당혹감 속에서 차마 그의 요구를 거절하지 못했던 모양이다. 나는 운이 좋아서 저런 야비한 인간과 마주하지 않았지만 그게 남의 일로 여겨지지 않았다. 그 여자아이가 홀로 견뎌내야 했을 인간 존재에 대한 근원적인 불신과 절망은 어쩌면 평생 간직해야 할 상흔이 될 것이다. 그러니까 나는 오래전, 눈물을 훔치며, 다시는 이곳에 돌아오지 않겠다고, 다짐했었다.

4

경계인들

일본인 처

　오카모토 선생과 목포 근대문화 유적을 돌아보다가 한 가지 몰랐던 사실을 확인할 수 있었다. 1592년 임진년 전쟁이 끝나고 일본으로 끌려간 조선인 포로와 관련한 자료가 있었다. 포로의 숫자는 어림하여 10만 명이 넘는데, 그들을 적에게 잡힌 포로라는 뜻의 피로인(被擄人)이라 부른다고 했다. 임진왜란으로 인해 발생한 피로인들의 숫자에 관해 학자들은 10만 명 이상으로 추정하고 있었다. 그러나 송환할 수 있었던 인원은 32차례에 걸쳐 겨우 7811명에 불과하였고, 대다수의 피로인은 일본에 남겨지게 되었다. 그들은 왜 고향으로 돌아오지 않았을까, 그게 무척 궁금했다. 침략군의 일원으로 조선에 왔던 왜군 중에서 1만여 명이 조선에 투항했다고 했고, 그들은 살아서나 죽어서나 고향으로 돌아가지 못했다고 했다. 여러 사정이 있었겠으나 투항했던 왜군들의 경우 자신들의 의지와 선택으로 볼 수 있었다. 일본으로 끌려간 10간여 명의 피로인들은 그게 아니었는데도 왜 고향으로 돌아오지 못했거나 돌아오지 않았을까, 그들은 어떻게 적지에서 경계인으로 살아야 했을까, 경주에 가는 길이기도 해서 나는 더욱 궁금했다.

오카모토 선생은 목포에서 이틀을 머물다가 혼자 서울로 갔다. 함께 서울로 가지 못한 까닭은 나는 경주에 가봐야 했고, 선생은 귀국 일정이 빠듯했기 때문이었다. 경주 나자레원에서 연락이 왔다. 마지막까지 생존해 있던 일본인 여성이 숙환으로 조만간 운명할 것 같다고, 의식이 가물거리기는 하지만 원한다면 김은주 선생이 함께 임종을 지켜보는 것을 허락한다는 내용이었다. 함께 있을 때 연락을 받아서 오해하지는 않았겠지만, 혹여 오카모토 선생이 섭섭해하지 않을까 마음이 쓰였다. 목포에 함께 와서 서로를 더 잘 이해하기도 하고 친밀함이 쌓이기는 했어도, 그녀와 나 사이에 가로놓인 심연을 확인하기도 해서 우리 사이엔 어색함이 남아 있었다.

아무튼 나는 경주를 향해 차를 몰았다. 이 년 전 자료 수집을 위해 들렀을 때는 코로나바이러스가 확산하면서 요양원 등 취약 시설 출입이 제한받던 때기도 했다. 멀리서 왔다는 말에 원장은 원장실에서 차를 대접하긴 했지만 내가 뵈었으면 하는 분이 워낙 고령이어서 건강이 좋지 않은 데다가 하고 싶은 말도 없다고 거절당했었다. 그것은 일종의 자존감이라고 나는 생각했었다. 부모의 허락을 받지 못한 채 결혼하고, 고국을 떠나 이국땅에서 쓸쓸한 노후를 보내고 있는 당신의 모습을 타인에게 보이고 싶지 않아서일 것이었다. 다행히 직접 만나볼 수 있다는 연락이 왔으니, 나로서는 마무리

짓지 못하고 있던 논문의 퍼즐을 완성할 기회였다. 기쁨과 안타까움과 슬픔의 감정이 자동차 앞 유리에 부딪히는 진눈깨비처럼 한꺼번에 휘몰아치고 있었다.

'재한 일본인 처'라고 부르는 일본 여성들이 있다. 식민 시기 조선인 남성과 결혼해서 한국에서 살게 되었으나 1945년 8월 한국이 해방된 후 일본으로 돌아가지 못한 일천여 명의 일본 여성들이다. 그들을 귀국선을 놓친 국제 미아라고도 하고, 일본과 조선 어디에도 속하지 않으면서 두 나라 모두에서 환영받지 못한 존재로 살고 있다는 의미에서 '경계인'이라고도 할 수 있다. 여기저기 흩어져 살아가던 그들 중 일부를 받아들여 노후를 보살핀 사람이 한국인 김용성 씨다.

만주에서 태어나 어릴 때 어머니와 사별하고, 항일운동을 하다가 생애 대부분을 감옥에서 보낸 아버지의 영향을 받으며 어렵게 자란 그는 한국전쟁 때 경주로 피난 오게 된다. 전쟁고아들을 보살피며 시작한 보육원과 양로원 사업 중에, 1972년에는 일본인 처 일부를 돌보는 데까지 나아간다. 목포에서 일본인 여성 다우치 지즈코가 버려진 조선의 아이들을 보살폈듯이, 경주에서는 한국인 남성 김용성이 고향으로 돌아가지 못하고 차별과 냉담 그리고 빈곤으로 고통받던 일본인 여성들을 돌본 것은 매우 흥미로운 일이다. 더구나 김용성은 일본제국 경찰의 고문 후유증으로 아버지를 잃은 사람으로 알려졌다. 어머니와의 이른 사별도 그 일과 무관하지 않다. 일본 혹은 일본인에 대한 원망과 적개심, 증오 따위의 감정이 없을

리 없다. 아버지의 영향이란 폭력만으로는 독립뿐 아니라 평화가
오지 않는다는 믿음이었다고 했다.

1930년대 만주는 일본제국이 도무지 무너지지 않을 커다랗고
견고한 성채가 되었음을 인식하는 계기가 된다. 이광수를 비롯한
지식인들이 제국의 강요와 탄압 때문이 아니라 독립은 불가능하다
는 현실 인식을 바탕으로 친일의 길로 접어든 결정적 계기가 관동
군의 만주 점령이었다. 물론 그러한 고통의 시기에도 어떤 사람들
은 가족을 돌보지 못하고 자신의 목숨까지 버려가면서 독립투쟁을
했다. 만주로 떠나 무장 독립투쟁을 꾀했던 사람들은 극도의 궁핍
과 열악한 삶 속에서도 나라를 되찾기 위한 투쟁의 길에서 열심히
살다 죽었다. 그래서 나는 행여 김용성 씨의 부친 또한 가망 없어
보이는 현실 앞에 무릎을 꿇은 건 아닐까, 험난하기 이를 데 없는
독립을 향한 여정에서 길을 잃고 만 것은 아닐까 하는 생각도 들었
다. 폭력에 지배당한 영혼이 평화라는 레토릭으로 도피한 것은 아
닐까. 나는 자주 의심했다.

그런데 또 나는 일본에서 '표현의 부자유전'을 기획하고 전시
하면서 일본이 제국주의 시기에 저질렀던 악행들을 망각에서 기억
으로 끊임없이 소환하고 있는 오마모토 유카 선생을 '도덕적 보편
성과 진실의 추구'로 이해할 수 있듯이, 저 두 사람, 다우치 지즈코
와 김용성 원장의 행위를 '도덕적 보편성과 사랑의 실천'으로 이해
할 수 있을까, 그런 생각이 들기도 했다. 누구나 쉽게 할 수 있는 일
이 아니었기 때문에 그랬다. 다른 한편으로는 누군가의 어떤 행위

에 대해 굳이 이해하려고 애쓸 필요가 있을까, 그런 생각이 들기도
했다.

기억의 극장

　목포에서 오카모토 선생은 예전 일본 영사관 건물과 고하도와 행복원을 둘러보았다. 예전 일본 영사관은 목포 지역에 거주하는 일본인들의 권익을 보호한다는 명목으로 1900년에 지어졌고, 나중에는 시청과 문화원 등으로 사용되다가 현재는 목포 근대역사관 1관으로 활용하고 있다. 붉은 벽돌을 이용한 2층의 르네상스 양식 건물로 경사지에 지어 해안을 내려다볼 수 있는 구조로 되어 있다. 관광객의 발길이 끊이지 않는 건물 내부는 다소 비좁다. 그래도 대리석으로 치장한 벽난로와 당시 사용하던 거울 등이 원형 그대로 잘 보존되어 있는, 목포에서 가장 오래된 근대 건축이다. 목포 근대역사관 2관인 동양척식주식회사 건물과 가까이에 있다. 구도심이라 부르는 예전의 번화가와 인접해 있어 아직 많이 남아 있는 개량 한옥과 적산가옥이라 부르는 일본인 가옥 들을 자연스레 살펴볼 수 있었다.

　"목포는 한국의 경우 근대 건축의 보고라는 생각이 들어요. 주로 일자형 구조인 한국의 전통가옥과는 평면과 구조가 조금 다른데, 기역자형 구조에, 대청을 거실로, 툇마루는 복도로 사용하도록 설계한 개량 한옥도 여전히 많이 남아 있고요. 목포는 일본이 식민 지배를 강화하기 위해 조성한 근대도시라서 당시 사람들의 주거 양식도 서구 지향적으로 변화해가고 있었네요. 은행과 학교, 선교사 사택 등을 건축할 때 석재와 붉은 벽돌의 사용도 눈에 띄고요. 무엇보다 건축은 가장 명료하게 당시 사람들의 삶의 흔적을 보여주지요. 근대적 건물은 근대적 일상의 생활 감각과 인식을 지니기 마련이거든요. 옛것의 소멸과 새로운 것의 생성이 사람들의 삶이 긍정적으로 변화하는 데 도움이 된다면 그것은 좋은 일이겠지요."

목포는 일본이 식민 지배를 강화하기 위해 조성한 근대도시라는 오카모토 선생의 말은 식민 시기에 조선이 근대화로 나아갔다는 주장을 전제하는 것이다. 선생은 일본인이지만 우리 한국인들도 저러한 말을 별다른 생각 없이 받아들이고 있는 이가 적지 않아서 평소에도 나는 불편했다.

"선생님 말씀 중에 목포가 일제가 효율적인 식민 통치를 위해 조성한 근대도시라는 말은 식민지근대화론을 주장하는 이들이 유포하고, 그것을 아무런 비판 없이 받아들인 사람들이 당연한 듯 두고 쓰는 말이랍니다."

선생은 내 말에 흠칫 놀라는 표정이었다. 나도 곤혹스럽기는 마찬가지였다. 처음으로 이견을 확인한 셈인 데다가 그러한 생각의 차이를 좁히는 일이 얼마나 어렵고 고단한 것인지 잘 알고 있었던 때문이었다.

 "아, 그렇군요. 군산항과 목포항을 통해 조선의 농산물과 자원을 일본으로 실어 나르고, 그런 교역이 활발해지면서 두 지역은 비로소 근대도시로 변모해갔다고 알고 있었거든요. 제 말이 일본의 식민 지배가 정당했다거나 그 시기에 조선 사람들이 겪었던 고통을 어쩔 수 없는 하나의 과정이었다고 생각하는 것은 절대 아니니까, 오해는 하지 마시고요."

 "제 말씀은, 군산이든 목포든 어느 지역이나 그것이 근대적 시각으로 보면 낡고 헐거워 보일지 몰라도 오랜 시간의 축적과 함께 면면하게 나름의 삶을 이어온 소중한 장소라는 뜻입니다. 그러한 삶이 강압적인 외부의 힘에 유린당하고 삶의 조건이나 환경이 인위적으로 변화를 겪게 된 것이 마치 문명의 진보라는 듯이 받아들이고 있는 게 저는 너무도 한심하고 화가 나고 그러거든요. 근대화가 진보는 아니잖아요? 근대라는 이름으로 빼앗긴 땅과 수많은 생명을 생각하면, 그것이 식민 시기의 문제만은 아니고 자본주의 생산 양식의 논리지만, 아무튼 저는 목포가 일본이 만든 근대도시라는 규정은 받아들이지 않아요."

 우리 사이에 어색한 침묵이 흘렀다. 일본에서 그녀가 하는 일의 가치를 잘 이해하고 있고, 그런 선생에 대해 존경심을 갖고 있으면서도 나는 좁힐 수 없는 사고의 차이에 발끈하고 만 셈이었다. 군산항과 목포항을 통해 조선의 농산물과 자원을 일본으로 실어 나르고, 그런 교역이 활발해지면서 두 항구가 근대도시로 발전할 수 있었다는 선생의 말도 일본의 식민 지배를 정당화하는 논리였다.

선생은 일본의 청년들이 태평양전쟁에 맹목적으로 뛰어든 데에는, 마치 부나비처럼 자신들의 죽음이 천황을 위한 성스러운 영예라고 믿고, 그 미친 전쟁을 성스러움으로 승화한 근원에 천황제가 있다고 보아 그것을 비판하고 있었다. 연합국에 항복함으로써 전쟁은 끝났으나 전쟁의 최고 책임자인 천황이 아무런 처벌을 받지 않은 데 대하여 그것이 역사에 대한 무책임의 체계를 지속하게 했다고도 비판했다. 같은 논리에서 조선인에 대한 징용과 종군위안부 문제에 대한 일본의 사과를 촉구하고 있었다. 그러한 활동으로 일본인의 대다수와 소수의 한국인에게서 비난받는 사람이었다. 그가 대표로 기획해서 실행하고 있는 '표현의 부자유전'의 내용과 뜻을 기려 '성유보 특별상'을 수상했고, 나 역시 그런 활동을 하는 선생을 존경하고 있었다. 저널에 '도덕적 보편성과 진실의 추구'라고 이해하는 글을 쓰기도 했다. 그런데 목포에 함께 와서 생각의 차이를 발견했다. 그것은 역사에 대한 근본적 이해의 문제였다. 식민자였던 일본인과 피식민자인 한국인의 차이일지도 몰랐다. 무엇인가를 바라보는 시선은 누구에게나 동등한 게 아니다. 누가 어떤 위치에서 바라보느냐 하는 문제는 결국 권력관계의 문제다. 비단 식민시기의 문제만 아니라 모든 시선이 권력의 문제라는 뜻이다.

나는 호흡을 가다듬었다. 그렇다 해도 지금 상황은 내가 원했던 것이 아니고, 누구에게도 도움되지 않는다. 그래도 침묵할 수는 없었다. 그러면 나는 늘 옳다고 믿는 일에, 아니라고 생각했던 일에 침묵하지 않았던가. 무엇보다 내 아버지의 억울한 죽음과 어머니의 비통한 죽음에 대해 오랫동안 기억조차 하지 않으려 했던 까닭은 두려움 때문 아니었던가? 진실에 대해서 질문했을 때 다시 빨갱이라는 낙인, 처벌받고 배제되고 소외될 것이라는 두려움 때문 아니었던가? 그렇다면 오카모토 선생에 대한 나의 비판은 그런 두려움에 대한 염려가 애초에 없었다는 뜻인가. 그녀가 여성이 아니었어도, 아니 여성이었어도, 내게 작은 영향이라도 미칠 위치에 있는 사람이었어도, 내가 이렇게 무례할 만큼 반박을 할 수 있었을까? 위안부 여성들이 내일 전장에 나가 죽을 수도 있는 젊은 일본군 병사들을 하룻밤 따뜻하게 위로해준, 그들의 친구였다고 주장하는 여성 학자에 대해 내가 오카모토 선생에게처럼 강력한 유감을 표현했던가? 그녀와 나 사이에 흐르는 미묘한 침묵의 시간을 견디며 나는 온갖 생각을 했다.

목포는 일제가 조선의 수탈을 목적으로 개설한 호남선 열차의 종착지다. 일제는 익산과 김제 지역에서 생산한 곡식은 군산항을 통해, 나주와 영산포 등지에서 생산한 식량과 목포 고하도에서 재배한 면화는 목포항을 통해 일본으로 실어 갔다. 일제가 조선을 강제 병합한 해인 1910년 조선의 쌀 생산량은 약 1000만 석이었는데, 그중 5%에 해당하는 54만 석을 일본으로 가져갔다. 그 양은 점점 증가하여 1941년에는 쌀 생산량 2152만 석 중에서 43%를, 1944년에는 1891만석 중에서 63.8%를 수탈해 갔다. 그러니까 군산항과 목포항은 일본과의 교역항이 아니라 수탈의 전진기지였다. 아무리 내가 다른 이들과 다른 사안에 대해 침묵하고 그래서 비겁했다는 게 부끄러웠어도 오카모토 선생과의 극명한 인식의 틈새를 메울 방법이 생각나지 않았다. 그러자니 그녀는 왜 목포에 오고 싶었을까, 의문이 깊었다.

오카모토 선생이 침묵을 깨고, 예의 온화한 미소를 다시 지으며 고개를 끄덕거렸다. 많이 배울 수 있어서 좋다고, 나와 함께 목포에 오기를 잘했다고, 그런데 식민 지배의 상징적 건축물이 원형 그대로 잘 보존되고 있다는 게 조금 놀랍다고 다른 이야기로 화제를 돌렸다.

"유럽도 그렇고 일본도 2차 세계대전과 관련 있는 건축물이나 공간을 어떻게 처리할 것인가가 뜨거운 논쟁거리였거든요."

나는 일제의 식민지 잔재들이 우리의 근대문화로 기억 보존되고 있는 데 대해 심각하게 생각하는 사람이었다. 고하도를 둘러볼 때도 나는 행정당국의 역사에 대한 무지에 놀라고 분노했다. 고하도는 일본이 조선의 수많은 자원을 수탈해 간 역사적 장소다. 그런데 고하도에 마련한 '조선육지면 발생지 기념비'오- 함께 '전국 최초의 목화 체험장'을 개장하고 목화씨를 붓 뚜껑에 숨겨와 국내에 들여온 고려 때 문익점의 목화와 역사적 사실이 맞닿아 있다고 적어둔 것은 역사적 사실에 대한 왜곡은 물론 일제의 식민지 정책에 대한 미화가 아닌가. 나는 혀를 쯧쯧 차고 말았다. 욕지기가 일었다. 목포 시민신문 발행인 유영철 선생도 언젠가의 칼럼에서 비슷한 내용의 글을 썼던 게 상기되었다.

오카모토 선생이 눈으로 물었다. 나의 반응이 무엇 때문이냐는 것이었다. 그녀는 일본제국주의자들의 역사적 범죄에 대해서는 비판적인 매우 양심적인 지식인이었으나 식민지에서의 수탈의 역사에 대해서는 무지에 가까웠다. 그녀의 잘못이라기보다는 우리 내부의 문제라고 나는 보았다. 일본의 식민 지배를 긍정하는 이들이 우리 사회 내부 곳곳에서 똬리를 틀고 있고, 그들의 교묘한 주장이 가랑비에 옷 젖듯이 일반인들의 사고에 스며들고 있었다.

1905년 러일전쟁에서 승리한 일본제국주의자들은 서구 열강들과 함께 아시아 전역을 중심으로 식민지 쟁탈전에 뛰어들었다. 일제의 수탈은 천연자원은 물론 농수산물까지 극에 달했다. 식민지 침탈 전쟁이 가속화되면서 군복을 비롯한 전쟁물자가 급격히 요구되었다. 군복 등 전쟁물자를 확보하기 위해 양과 질이 좋은 육지면 재배의 필요가 커졌다. 그 재배지가 목포를 중심으로 한 호남지역이 최적의 장소라는 것을 알게 된다.

1904년 목포 주재 일본 영사 와카마츠 도사부로(若松土佐部郎)가 미국의 육지면 종자를 한국에 들여와 고하도에서 시험 재배에 성공한 것이다. 일제가 도입한 미국산 면화 종자는 재래종보다 4~5배 크게 숨꽃이 열려 생산량을 증가할 수 있었다. 그러나 면화 수확기인 5월에 일본은 우기로 수확에 차질을 빚는데, 목포 지역은 청명한 날씨로 수확에 지장을 받지 않았다. 목포의 일본인 영사가 고하도에서 시험 재배를 하게 되고 수확까지 성공하면서 면화 재배를 급속히 늘려간다. 조선총독부는 다양한 품종 재배를 통한 소득 증대를 적극적으로 홍보하면서 농민들에게 면화로 대체해 육지면을 재배하도록 강요했다. 미국산 육지면을 재배하게 된 농민들은 가난한 생활이 나아지기보다는 쌀 수탈 등으로 더욱 식량이 부족하게 되고, 이를 해결하기 위해 동양척식주식회사의 고리대금으로 빚을 지고 농토를 잃고 일본인 지주의 소작농으로 전락하고 말았다. 더러 고향을 떠나 도시 빈민으로 살아가야 했다. 당시 고하도에서 생산한 면화는 국내 소비가 아니라 목포항을 통해 일본 나고야로 전량 수출됐다. 도시에 몰려든 농민들은 근로정신대와 징용에 끌려갔고, 목포항을 중심으로 번성했던 견직공장 노동자로 다시 전락하게 된다.

그러니까 목포 고하도 면화는 일본제국주의자들의 식민지 수탈의 목적으로 국내에 들어와 재배되고 농민들의 농토를 착취하는 수단으로 전락한 작물이었다. 일본 영사는 이를 기념하기 위해 고하도에 '조선육지면 발상지 비'를 세웠다. 그러한 역사적 사실을 배제한 채 '전국 최초의 목화체험장'을 개장하고 목화씨를 붓 뚜껑에 숨겨와 국내에 들어온 고려 때 문익점의 목화와 역사적 사실이 맞닿아 있다고 적어둔 것은 식민 지배에 대한 역사적 교훈을 몰각한 것이다. 내가 얼굴까지 붉혀가며 설명했던가 보았다. 나도 몰래 들떠서. 오카모토 선생이 미소를 지었다.

"그렇군요. 도시를 기억의 극장이라고 유추할 수 있을 텐데, 김은주 선생님은 기억의 사회적 재생산 장치가 제대로 된 역할을 하지 못하고 있다고 보시는군요. 전적으로 공감해요."

시간이 흘러가면서 역사의 경험과 기억을 공유하는 세대가 점차 소멸해가고 있었다. 역사적 경험이 부재한 후속 세대에게 역사적 장소와 기념 공간은 과거의 기억을 전승하고 비판적인 역사의식을 기르도록 해야 하는 책임을 다해야 한다는 데 우리는 공감했다. 그래야 자신의 나라뿐만 아니라 서로 연결된 다른 나라와의 과거 역사를 이해하고 미래지향적인 화해로 나아갈 수 있다고 믿었다. 문제는 지역사회의 행정 담당자들이 역사적 사실의 무지에 매몰되어 있거나 아예 관심조차 기울이지 않는 경우가 빈번하다는 데 있다.

목포와 함께 근대 개항지라고 알려진 군산은 식민지 도시 미화 사업이라면서 멀쩡한 민가를 헐어버리고 일제 식민지 건물들을 새로 지었다. 김종수 교수라고 역사를 가르치는 선생의 글을 본 적이 있었고, 시간을 내어 군산에 직접 가보기도 했었다. 군산시에서 복원하고 관광객을 유치하고 있는 조선은행, 나가사키 18은행, 미즈상사 등은 사실상 일본인들만이 이용할 수 있었고, 한국 사람들에게는 많은 해악을 끼친 식민지 수탈 기관들이다. 이것들은 일제의 식민지 잔재들이지 결코 우리의 근대문화가 될 수 없는 것들이다.

그런데 군산에서는 중앙에서 내려보낸 예산으로 이런 건물들을 군산의 근대문화라고 소개하면서 대대적으로 선전하고 관광객을 유치하고 있었다. 특히 수십억 원의 혈세를 들여서 민가를 헐어버리고 고우당(古友堂)이라는 이름을 붙여 지어놓은 이 층짜리 일본식 여관을 보고선 기가 막혀 말이 나오지 않았다. 일제강점기엔 없던 건물이기도 하려니와 온갖 억압과 착취를 하고도 전혀 반성하지 않는 그들을 '오랜 옛 친구(古友)'라 부르는 그 무지의 근원에 소름 돋았다. 그래도 그것을 바로잡을 힘은 내게 없었다. 조선에 대한 일본 식민 지배를 정당화하는 거대한 흐름이 작용하고 있는 것을 모르지 않은 탓이다. 해방된 지 70년이 훨씬 지났어도 식민의 그늘이 짙게 드리워진 나라라니 한심했다. 다만 선생과 함께 목포에 와서 서로의 생각을 더 읽고 차이를 발견하고 그러면서도 공감할 수 있는 여지가 넓어서 좋았다.

다만 선생이 목포에 오고 싶었던 까닭이 대체 무엇이었느냐고 묻지는 못했다. 내가 시코쿠에 가보고 싶어 했던 것과 비슷한 이유가 있지 않을까 짐작만 했을 뿐이었다.

김용성

목포에서 경주까지는 자동차로 네 시간이 걸렸다. 불국사는 몇 번 와서 낯설지 않았는데, 나자레원은 불국사가 있는 보문단지 가까이에 있었다. 나자레원으로 향하는 길목에서 심복의 총에 맞아 죽은 옛 독재자의 동상을 보았다. 그의 수행원들과 대통령이 되었다가 감옥에 갔던 그의 딸 동상까지 유령처럼 서 있었다. 일제 강점 시기에 만주 군관학교를 나와 일본군의 장교가 되었고, 군사 쿠데타로 권력을 장악하고 오랫동안 철권 통치를 하다 죽은 자를 기념하는 동상이라니 탄식이 나왔다. 식민자의 도시 곳곳에 생채기처럼 남아 있는 일제 잔재와 더불어 청산되지 않는 역사가 우리 내부의 혼란을 부추기고 있다고 나는 생각했다.

나자레원은 노인을 위한 요양 시설치고는 제법 커서 병원과 장례식장까지 두루 갖추고 있었다. 연락을 주고받은 양로원의 사무원과는 구면인 셈이었다. 이 년 전 잠시 인사를 나누고 명함을 건네준 것이 전부였지만, 나와 비슷한 사십 대를 지나고 있는 여성이어서였을까, 친근한 느낌이었다.

그러나 임종하기 전에 나를 한 번 보고 싶다고 했다는 미우라 마코토 씨는 내가 도착하기 전, 정오 무렵 숨을 거두었다. 97세의 나이였으니 보통이라면 호상이라고 할 테지만 고향을 떠나 조선인 남성과 결혼해서 이국에서 고단한 생을 연명해야 했던 분에게 해당하는 말은 아닐 것이었다. 굳이 삼일장을 할 필요는 없어서 당일 밤 화장을 하고 치른 조촐한 장례식에 참석해서, 한 번도 얼굴을 보지 못했으나 만나보기를 열망했던 한 경계인의 명복을 빌었다. 여러 지역에 흩어져 살고 있는 경우도 적지 않아서 단정할 수는 없지만, 최소한 나자레원에서는 이제 생존해 있는 일본인 처는 아무도 남아 있지 않았다. 허탈했다.

장례를 치르고 난 후 원장을 잠시 뵈었다. 겨울이라 금세 날이 어두워지고 있었고, 진눈깨비가 폭설로 변해 있었다. 서울로 어떻게 돌아가야 하나, 하룻밤을 어딘가에서 지내야 하나 잠시 고민했다. 나자레원은 사회복지법인으로 장기 요양기관과 주간 보호시설도 두루 갖추어 법인 이사장이 따로 있었는데, '일본인 처'로 불리는 할머니들을 보살폈던 곳은 법인 시설 중 하나인 양로원이었다.

나자레원을 처음 세운 김용성 선생이 2003년 세상을 뜬 후 지금의 송미호 원장이 그 뒤를 이었다는데, 70세를 지나고 있는 얼굴로 믿기지 않을 만큼 정갈하고 기품 있어 보였다. 작은 키에 안경을 낀 채 생머리를 뒤로 묶은 그녀에게 나는 깍듯하게 인사했고, 그녀는 나를 따뜻하게 맞아주었다. 다만 마지막까지 보살피던 할머니 한

분마저 세상을 뜬 직후라 우리는 많은 이야기를 나눌 형편이 아니
란 걸 서로 이해했다. 내온 차가 식고 있었다. 그래도 나는 몇 마디
물었다.

“원장님은 나자레원과 인연이 깊다 들었습니다만, 처음부터 이
곳에서 평생을 지내시리라고 생각은 못 하셨겠지요?”

그녀는 약간 웃었다. “그러니까요, 잠시 교직에 있다가 신학 공
부를 하고 그러는 중에 고인이 되신 김용성 이사장님과 인연이 닿
았는데, 그때가 몇 살이었더라? 아마 삼십 대 초반이었을 때였으
니, 사십여 년을 이곳에서 지낼 줄을 처음 어떻게 짐작이나 했겠어
요?”

나는 조심스럽게 물었다.

“태평양전쟁 때 일본군 위안부로 고통을 겪었던 할머니들을 위
한 ‘나눔의 집’과 비교하면 ‘나자레원’은 어떻습니까? 그 차이랄까
의미에 대해서 어쩌면 그동안 많은 질문을 들었을 것으로 짐작됩니
다만……”

그녀의 얼굴에 순간적으로 그늘이 지는 것을 보고 아차 싶었다.
오카모토 선생과도 약간의 긴장이 있었는데, 역시 예민한 문제였
다. 원장 선생은 잠시 침묵 끝에 차 한 모금으로 입을 축인 다음 나
를 응시했다.

“김은주 선생은 우리 근대사를 연구하는 젊은 학자시니까 그 문
제에 관심이 많겠지만, 저는 굳이 위안부 할머니들과 연결해서 바
라볼 것은 없다고 생각해요. 한국을 강압적으로 통치했던 일본제

국의 책임은 물어야겠지만, 이곳에 의탁해서 남은 생을 견디셨던 분들은 전쟁에 가담했거나 한국에 피해를 준 가해자가 아니에요. 오히려 한국 남성들에게 박해받은 사람들이고, 좀 넓혀보면 전쟁과 식민 통치의 피해자들이지요. 하나는, 이 점이 중요해요. 하나님의 사랑에는 인종이나 국경이나 그런 구별 차별이 없어요. 그런 점에서 저는 고인이 되신 김용성 이사장님을 무척 존경하지요."

김용성 선생에 대해서는 익히 알고 있었다. 부친께서 독립운동을 하다 체포되어 고문을 당하고 옥사했다는 것, 어린 나이에 어머니와 사별한 탓에 고아처럼 되어 어려운 처지에 놓였을 때 선교사의 도움으로 공부를 할 수 있었다는 것, 또 중국에서 사업을 일으켜 고향으로 돌아와 북한지역에서 일가를 이루었다는 것, 한국전쟁이 발생하자 경주로 피난을 왔다는 것, 전쟁고아나 미망인들을 돕기 시작했다는 것, 한국 남성과 결혼했으나 해방이 되고 나서 일본으로 돌아가지 못한 채 경계인으로 살아야 했던 일본인 처 수십 명을 보살폈다는 이야기들을 나는 알고 있었다.

나는 송미호 원장의 마음을 무겁게 했다는 죄책감이 들었다. 불쑥 목포 행복원 이야기를 꺼낸 것은 그녀의 지금까지의 노고에 조금도 이의를 제기하고 싶지 않은 내 진심을 보여주고 싶어서였다.

"목포에 행복원이라고 있거든요. 1927년부터 버려진 아이들을 돌본 곳, 풍족하지 않았으나 따뜻한 거처가 되었던 곳이죠. 시작은 한국인 전도사 윤수현 원장이 했으나 그와 결혼한 일본 여성 다우치 지즈코가 물려받아 당신이 운명할 때까지 아이들을 보살폈던 곳이에요. 그 이후엔 지즈코 여사의 자녀들이 운영을 맡고 있지요. 저도 그곳 행복원에서 자랐답니다. 감사합니다, 선생님."

어쩌면 처음으로 내가 울컥했지 싶다. 하나님의 사랑은 잘 모르겠다. 식민지 도시에 터를 잡은 기독교회는 한쪽 뺨을 맞으면 다른 뺨을 내밀고, 남들이 자신에게 죄를 저질러도 용서하고, 무례한 자들에게서 모욕을 당해도 감수하도록 가르쳤다. 숱한 성인의 행적을 통해 이미 행해진 것을 너그럽게 받아들이도록, 그러니까 일제의 조선 지배도 하나님의 숨겨진 뜻이라는 것을 수긍하도록 가르쳤다. 그러한 탓에 나는 교회의 가르침을 통해 전해진 하나님의 사랑은 믿지 않는다. 다만 버려진 아이들과 여인들에게 몸 붙일 곳을 마련하고 보살펴준 이들의 따뜻한 마음이 왜 고맙지 않겠는가. 송미호 원장이 일어서서 나를 안고 토닥였다. 날이 어두워졌고, 눈이 많이 내리니 하룻밤 편히 자고 가라고 붙들었다. 내 옆에 다소곳하게 앉아 있던 사무원이 환한 표정으로 앞장을 섰다. 그녀의 거처는 정갈하고 따뜻했다. 피곤이 폭설처럼 덮쳐와 나는 정신없이 잠을 잤다.

잠든 사이 오카모토 선생에게서 긴 메시지가 와 있었다. 서울에 잘 도착했다고, 다음 날 일본으로 가는데 가까운 날 다시 만나기를 바란다고, 목포에 가보고 싶었던 까닭은 행복원을 가꾸고 아이들과 평생을 함께 했던 다우치 지즈코 원장이 사실은 고향마을의 가까운 친척이기도 했고, 더 중요한 건 '표현의 부자유전'을 기획하고 전시하면서 마음 한구석에 들었던 작은 의문을 해소하고 싶었다고 했다. 그것은 자신의 행위가 김은주 선생이 말한 '도덕적 보편성과 진실의 추구'라기보다는, 우리 일본인들이 한국 사람들에게 저지른 악행에 대한 사죄의 마음 아닌가, 늘 그런 생각이 있었다고 했다. 그런데 또 그 사죄의 마음이 종종 불편했다고, 옳은 일을 하고 있다고 자신을 격려하면서도 한국 사람들을 대할 때마다 그러나 난 일본인이라는 어쩔 수 없는 사실이 서로 간에 일정한 틈을 만들지 않을까 늘 염려했었다고, 그랬는데 목포에서 김은주 선생과 함께한 이틀 동안 그것을 확연히 깨달았다고 했다. 그러하니 사실은 마음이 홀가분해졌다고, 고맙다는 인사였다.

그녀는 덧붙였다. "우리가 어쩔 수 없는 차이는 차이대로 인정하면서 옳다고 믿는 일을 묵묵히 해나가는 것, 일본의 조선에 대한 식민 지배와 그 과정에서 발생한 악행에 대해 문제를 제기하면서 지난 일을 잊지 않도록 환기하는 것이 두 나라의 선량한 사람들의 삶이 또다시 불행에 빠지지 않도록 하는 역할을 할 것이라는, 그런 믿음을 나는 더욱 굳히게 되었습니다. 목포 행복원은 그런 의미에서 제 마음 한구석에 자리한 의문을 해소하는 데 도움이 되었어요. 일본인 누군가는 식민 지배 기간에도 아주 다행히 괜찮은 일을 하고 있었으니까요."

답글을 보내려다 새벽 시간이어서 멈추었다. 나를 침대에서 자게 하고 자신은 바닥에 매트리스를 깔고 잠을 자던 사무원이 내가 잠에서 깬 것을 알고 자리에서 일어났다. 미안해하는 나를 그녀는 괜찮다고, 미우라 마코토 할머니를 위한 예배 준비를 위해 일어날 시간이었다고, 조금 일찍 일어났을 뿐이니 걱정할 일 아니라고 말해주었다.

우리는 가벼운 미소를 지었다. 간단하게 씻고 그녀를 따라나섰다. 눈은 멈췄으나 찬 바람이 새벽 공기를 가르고 있었다. 작은 예배당은 요양원과 장례식장 중간쯤에 있었다. 아직 어둠이 가시지 않았는데도 예배당 앞길의 눈을 치우고 있는 노인이 있었다. 사무원은 추운데 뭐 하러 나오셨냐고 들어가서 더 주무시라고 노인을 채근했으나, 아무 말 없이 노인은 싸리 빗자루로 눈을 쓸고만 있었다. 날씨가 너무 쌀쌀한데, 나는 노인이 마음에 걸려 자꾸 뒤돌아보았다.

"저분 연세가 구십이 넘었어요. 아직 기운이 쇠하지는 않았지만, 연세가 많아서 눈을 치우거나 하지는 마시라고 해도 소용없네요. 그냥 대가 없이 밥 먹으면 안 된다고 요양원 청소를 도맡아 하세요."

괜한 신경이 쓰였는지 사무원이 변명하듯 말했다. 한국전쟁 때 인민군 포로로 붙잡혀 거제도 포로수용소에 있었는데, 풀려난 후에도 여기저기 떠돌다 이십여 년 전에 나자레원으로 들어왔다고 했다. 누구 하나 기댈 연고도 없고 찾는 가족도 없는 외로운 노인이라고, 여기 있는 분들이 다 그렇기는 하지만 저 노인을 볼 때마다 마음이 짠하다고 그랬다. 눈을 쓸고 있는 노인의 실루엣이 자꾸 눈에 어른거렸다. 예배당엔 이른 시간이어도 몇 사람이 고개 숙이고 두 손을 모아 기도하고 있었다. 나는 맨 뒷자리에 앉아 생각에 잠겼다.

오카모토 선생이 보낸 메시지를 한 번 더 읽었다. 그녀가 목포에 가보고 싶었던 까닭은 행복원 운영자였던 다우치 지즈코의 흔적을 직접 살펴보기 위해서였다고 이해할 수 있었다. 그녀의 고향도 시코쿠라 했으니, 도쿄에서 선생을 만나 이야기를 나눌 때 두 사람이 어떤 인연이 있을 수도 있겠구나 하고 생각했었으니까. 목포가 고향인 나와 정현주가 서울에서 우연히 만나 인연을 이어가고 있는 것과 사정이 비슷할 터였다. 그럴 수 있었다. 다우치 지즈코는 오래전에 세상을 떠났으나 그녀의 고향인 시코쿠엔 기념비가 세워져 있고, 시코쿠 고등학교 아이들이 해마다 목포를 방문해서 그녀가 식민의 도시 한국에서 베푼 감동적인 선행을 기리고 있었다. 좋은 일이라고 나는 생각했다. 그런데 그것이 베푼 자의 우월감이나 죄의식에 대한 일정한 탕감으로 작용하는 것은 경계할 일이었다. 내가 행복원 선생님들의 헌신을 고마워하면서도 충분하게는 마음을 열지 못한 까닭도 어쩌면 저런 생각이 내 마음 한구석에 자리하고 있기 때문이었다.

그래서 나는 "우리 일본인들이 한국 사람들에게 저지른 악행에 대한 사죄의 마음 아닌가, 늘 그런 생각이 있었다, 그런데 또 그 사죄의 마음이 종종 불편했다, 옳은 일을 하고 있다고 자신을 격려하면서도 한국 사람들을 대할 때마다 그러나 난 일본인이라는 어쩔 수 없는 사실이 서로 간에 일정한 틈을 만들지 않을까 늘 염려했었다."고 쓴 문장에 오래 머물렀다. 오카모토 선생이 목포에 가보고 싶었던 진심이 드러나 있었기 때문이었다.

그녀는 이제 마음이 홀가분해졌다고 했다. 그런데 나는 아니었다. 뭐랄까, 명료하게 정의하기는 쉽지 않지만, 아무튼 개운한 느낌이 아닌 것은 분명했다. 나는 한국인이고, 더구나 누군가 베푼 선행의 수혜자였다는 의식이 오랜 시간 나를 지배하고 있었기 때문이었다. 한때 일본제국의 식민지 도시에서 나고 자란 한국인인 나는 열등성의 노예로, 한때 식민지의 지배자였던 그들은 우월성의 노예로 살아가는 데 익숙해진 것일까. 유색인이 항의할 때마다 거기엔 소외가 있고, 유색인이 부정할 때마다 거기엔 소외가 있다는 아프리카 독립운동가의 말을 부정하고 싶어서 나는 고개를 세차게 가로저었다.

나자레원 본관 2층에 있는 식당에서 소박한 아침 식사를 맛있게 먹었다. 쇠고기가 들어간 따뜻한 무국에 시원한 동치미가 입맛을 돋우었다. 원장 선생을 비롯한 직원들과 요양원에서 생활하고 있는 노인들이 함께 같은 식사를 하는 풍경이 마음을 훈훈하게 했다. 새벽에 예배당 앞길에서 눈을 쓸고 있던 노인을 눈으로 찾았으나, 보이지 않았다. 식당은 천장에 샹들리에가 밝게 비추고 사인용 원목 식탁 십여 여 개를 갖춘 꽤 고급스럽게 만들어두어 요양원에 대한 막연한 느낌이 편견이었음을 깨닫게 했다. 이렇게 좋은 시설에서 일본인 처라 불렀던 '부용회' 회원들을 보살폈다는 사실에 나는 거듭 고개를 숙이지 않을 수 없었다. 오카모토 선생도 함께 왔으면 더 좋았겠다고 생각했다. 할머니들은 조선인 남편으로부터 학대를 받고 버려졌으나 일본이 외면한 사람들이기도 했으니까.

떠나기 전 송미호 원장을 뵙고 베풀어준 호의에 감사 인사를 하러 갔다. 선생은 예의 따뜻한 미소를 머금은 채 앉기를 권했다. 두꺼운 메모장 하나를 내밀었는데, 어젯밤에 운명한 미우라 마코토 할머니가 기록해둔 일기였다.

"미우라 마코토 씨가 김은주 선생에게 전해주었으면 하는 눈치였어요. 자신들이 어떻게 일본에서 한국에 오게 되었는지, 더구나 식민지 조선의 남성들과 부모의 허락 없이 결혼하고 그 대가를 어떤 식으로 치러야 했는지, 그 심정을 담담하게 기록해두었어요. 그동안 한국은 물론 일본의 언론이나 시민단체 사람들이 더러 와서 그분들의 삶에 관심을 보이긴 했지만, 김은주 선생만큼의 진정성은 부족하다고 생각했나 봐요. 소중한 기록이니까 잘 살펴본 다음에 우리에게 돌려주었으면 해요."

일본이 조선을 강제로 병합하고 식민 지배하던 시기에도 굴절되긴 했으나 사람들의 일상은 이어지고 있었다. 제국의 통치자들은 내선일체를 강화하기 위해 내선결혼을 장려하는 정책을 폈다. 조선인 남성과 일본인 여성과의 결혼을 주선하고 장려하면서 미나미 지로 총독이 붓글씨로 쓴, 내선결혼을 축하하는 족자와 표창장을 보내기도 했다. 그러나 그런 의도적인 정책보다는 환경적 그리고 심리적 이유가 그들의 결혼에 더 많이 작용했다.

1937년 7월 7일부터 시작된 중일전쟁 이후 부족한 노동력을 메우기 위해 제국은 조선인 노동자들을 강제 연행 등으로 일본으로 이주시켰다. 일본에 머물렀던 조선의 젊은 남성들은 자연스럽게 일본 여성들과 접촉면을 늘려나간다. 식민 시기에 유학 와서 머물렀던 조선인 청년들도 그 수가 적지 않았다. 그들 중 많은 경우가 일본 여성과 결혼하게 된다. 어쩌면, 조선인 남성이 일본인 여성을 일본, 그것은 제국과 같은 기호일 텐데, 그 일본이라는 상표와 여성으로서의 실속을 갖춘 이상적 결혼 상대로 여겼을 법하다.

사랑의 조건은 제각각이겠지만 결혼은 시장에서 거래되는 상품이기도 하니까 일본인과 동등하게 되기 위한 현실적 필요가 아예 없었다고 보기는 어려울 것이다. 사정이 똑같다 할 수는 없으나, 검다는 것은 잘못된 것이라는 흑인들의 무의식이 그들로 하여금 백인의 허울을 쓴 타자로 살아가도록 강제했던 것과 닮지 않았을까, 미우라 마코토 할머니가 남긴 글을 읽으면서 나는 그렇게 생각했다. 아니라면 해방 이후 대부분의 한국 남성이 자신들을 따라 한국에 들어온 일본인 처들을 내버리고 외면하지는 않았을 것이니까.

또 다른 경우는, 본인의 의사와 무관하게 식민 시기에 부모가 조선에 들어와 함께 조선에 거주하다가 조선인 남성과 결혼한 사례가 있었다. 목포 행복원 원장이었던 다우치 지즈코가 해당할 텐데, 그녀는 자신의 의지로 윤수현과 결혼했고 한국에서의 삶을 담담하게 받아들인, 드물게 행복한 경우라 볼 수 있을지 모르겠다. 드물게는, 중국이나 소련에 거주하던 일본인이 패전과 함께 귀환을 위해 조선을 경유하려다 목적지인 일본에 가지 못하고 한국에 잔류한 이들도 있었다. 귀국선이 끊긴 탓이었을 것이다. 아, 좀 더 시간을 거슬러 올라가면 임진왜란 때 침략군의 일원으로 조선에 왔던 왜군들 중에서 무려 1만여 명 가까이가 조선에 투항했다고 들었다. 그들의 투항 이유는 대부분 남의 나라 땅에 침략군으로 부려졌으면서도 굶주림과 고된 노역에 지친 나머지 차라리 조선에 항복하는 것이 더 나은 선택이었다고 했다. 물론 나는 그 오래된 일들에 대해 상세하게 알지 못한다. 남겨진 기록만으로는 그렇게 많은 숫자의 왜군 한 사람 한 사람의 각기 다른 사정을 헤아릴 수 없는 노릇이기도 하다. 다만 투항한 대가로 일정하게 생을 부지했거나 끝내 정을 붙이지 못해서 방황했거나 간에 그들 중 누구도 살아서나 죽어서 고향으로 돌아가지는 못했다는 사실에 나는 마음이 어두웠다. 그들 대부분은 조선의 여인들과 어떻게든 일가를 이루기도 했을 것인데, 그렇다면 또 그들과 연을 맺은 조선의 여인들을 세상이 고운 눈으로 보지는 않았을 것 아닌가. 그들은 무엇이라고 불렀을까. 임진왜란 때 원군으로 온 명나라 군사들과 몸을 섞어야 했던 조선의 여인들과 병조호란 때 심양으로 포로로 잡혀갔다가 천신만고 끝에 살아 돌아온 소수의 조선 여인들에게 순결을 지키지 못한 화냥년이라 욕했던 조선 사회가 투항한 왜군들과 통혼한 조선의 여인들에게는 무슨 낙인을 찍었을까. 나는 미우라 마코토 할머니가 남긴 글을 마저 읽었다.

'일본인 처'라 불렀던 '부용회' 회원들 대부분, 나자레원에 머물렀던 이들 전부가 첫 번째와 두 번째에 해당하는 사람들이었다. 미우라 마코토 할머니는 함께 기거했던 친구(그녀는 같은 처지인 일본인 처들을 나이 차와 관계없이 모두 '친구'라고 불렀다.)들이 어떤 경로로 한국인 남성과 결혼해서 한국에서 살게 되었는지 상세하게 적어두었다. 세상에서 소외된 이들이 사후라도 자신들을 기억해주기를 간절하게 바랐음을 알 수 있어서 나는 가슴이 먹먹했다. 미우라 마코토 할머니가 남긴 맨 첫 부분의 문장을 나는 여러 번 읽었다.

"친구들의 삶을 전하면서 그들의 이름이 아니라 숫자로 부르는 것을 깊이 이해해주면 좋겠다. 우리는 모두 고유한 개인으로서 제각각의 이름을 갖고 있기는 하지만 행여 누군가의 삶이 오염되게 전해지지 않기를 바라는 마음뿐이다……."

1번 친구는 1945년 무렵, 그 당시 일본에는 수많은 조선인이 들어와 있었는데, 조선인 남성과 사귀고 있던 친구 소개로 잘생긴 한국 청년을 만나게 되었다. 성격도 온화하고 마음이 따뜻했던 청년이 마음에 들었던 그녀는 그동안 자신을 키워주었던 고모들의 만류를 뿌리치고 무작정 조선인 청년을 따라 조선으로 건너왔다. 후회는 금방이었으나 달리 방법도 없었다. 조선인 청년은 이미 결혼해서 처자가 있었고, 남편은 본처 말고 다른 처를 얻는 것은 조선의 오랜 풍습이니 신경 쓸 것 없다고 되려 그녀를 나무랐다. 가난한 데다 늙은 부모까지 모시고 살아가는 일이 힘들고 시댁 식구들에게 왜년이라는 욕을 듣다가 매를 맞기도 했다.

2번 친구는 병원의 간호사로 일하다가 병원 근처 한 여관에 오래 머물며 일하던 조선인 청년을 알게 되었다. 그녀의 아버지는 일본에 노무자로 온 조선인 남성과의 결혼을 결사반대했으나 누구라도 그렇듯이 젊은 날엔 열정이 곧 맹목이기도 해서 그녀는 부모 몰래 혼인신고를 했다. 그런데 남편은 해방이 되자 귀국 전날에야 미군이 점령하고 있는 패전국 일본에서 노예처럼 살아가느니 독립 국가 조선의 아내로 살아가는 게 더 행복하지 않겠느냐고 설득했다. 그럴듯한 말인 데다 이미 몸에는 아이가 자라고 있었다. 한국인과 일본인 처 5백여 명 정도가 밀선을 타고 새벽에 일본을 떠나 부산에 도착했다. 곧 후회했다. 남편은 도벽이 심했다. 귀국한 남편은 일이 없어 매일 놀고 지내면서 술과 도박으로 날을 샜다. 친구는 일본에서 가져온 기모노 따위의 돈이 될 만한 자잘한 것을 모조리 내다 팔고 산에서 장작을 해와 시장에서 팔아 어렵사리 생계를 유지했다. 그러는 중에도 조선 사람들에게 너희 나라로 당장 돌아가라고 욕을 먹었다. 얼굴에 침을 뱉는 이도 있었다.

나는 더 이상 읽는 것을 포기하고 말았다. 일본군 위안부의 삶을 다룬 글을 읽는 것과는 또 다른 종류의 통증이 가슴을 아프게 했다. 1950년 한국전쟁은 한반도에 살았던 모든 이들에게 크나큰 절망과 고통을 안겨주었지만, 조선에 남았던 일본인 처들 또한 이중 삼중의 어려움에 처했다는 것을 나는 자료를 통해 알고 있었다.『일본근대학연구』라는 저널에 발표했던 이토 히로코와 박신규 선생의 글「잊혀진 재한일본인 처의 재현과 디아스포라적 삶의 특성 고찰」이라는 제목의 글을 읽었었다.

견디기 힘든 것은 가난뿐 아니라 그들이 한국인들을 식민 지배했던 가해국 일본의 여성들이라는 점에 있었다. 전쟁 이후 한일 국교 수립 이후 일본 정부는 그들 중 일부를 귀환하도록 했고, 1960년대에는 한국에 머물던 이들 절반에 해당하는 여성들이 고향으로 돌아갈 수 있었다. 1천여 명이라고 했다. 그래도 나머지 1천여 명의 일본인 처들은 한국에 남았다. 한때 사랑한다고 믿었던 조선인 남편과 시댁 식구들에게서는 폭력과 무시를 당했고 주변의 한국 사람들에게서는 모멸과 멸시를 당했다. 설마 모두가 그랬을 리는 없겠으나 구타와 외도, 도박, 축첩 등의 구습을 버리지 못한 조선인 남편들 대부분은 자신만을 믿고 인연을 맺었던 일본인 처를 방치했다. 여러 곳에 흩어져 살던 그들은 후일 '부용회'라는 모임을 만들어 서로 의지했다.

나자레원 김용성 원장은 그들 중 연락이 되고 기꺼이 함께하고자 한 일부를 받아들였다. 따뜻하게 보살폈다. 아버지를 고문해서 죽인 건 일본인들이었다. 물론 일본인이라는 단일한 기호로 괄호 치고 그녀들을 똑같이 대할 수는 없는 일이었지만, 그것은 다른 조선 사람들이 했던 방식의 모욕과 폭력이었지만, 그렇다 하더라도 일본인 처들을 받아들여 여생을 따뜻하게 보살피는 일이 어떻게, 감정적으로 가능한 일이었을까. 정의가 아니라 사랑이 세상을 구원할 수 있다는 말이 그럴듯하게는 보이지만, 어려운 일 아닌가. 나는 김용성 원장 생전에 그분을 뵙지 못한 게 아쉬웠다. 어떻게 가능한 일이었느냐고 물어보지 못했으니까. 그가 한 일은 위대한 용서라는 생각이 들었으니까.

일본인 처라 불렸던 그분들 중 대부분이, 아니 어쩌면 모두가 이제는 이승을 떠났다. 그분들은 또 자신의 사랑을 배신했던 조선인 남편들을 용서하기는 했을까.

일본군 성노예로 치욕을 견뎌야 했던 조선의 젊은 여성들과 인연을 맺은 조선인 남성들도 있었다고 들었다. 극한의 상황에서였으니까, 강제로 끌려왔고 죽음보다 더한 고통을 겪어야 했으니까 그런 상황에서 같은 조선인이었던 젊은 여성과 남성은 서로를 연민으로 바라볼 수 있었을 것이다. 왜 아니겠는가. 다들 피가 끓는 청춘이기도 해서 지옥과 다름없는 상황 속에서도 사랑을 나누기도 했을 것이다. 왜 아니겠는가. 해방을 맞아 어렵사리 귀국하고 나서는 조선인 남성은 조선인 여성과 함께 고향으로 돌아가지는 않았다고 했다. 그들은 어쨌거나 오염된 몸, 더럽혀진 여성들이었으니까. 생존해 있는 그녀들도 많이는 남아 있지 않다그 들었다. 무심하기만 한 시간이 강물처럼 흘렀으니까. 그녀들은 용서했을까, 자신을 끝내 외면했던 조선의 남성들을.

일본인 처라 불렸던 그분들은 또 자신을 끝내 외면했던 조국과 가족들에 대해서도 원망이나 미안함 따위의 감정을 마지막 가는 길엔 다 녹이고 눈을 감았을까. 나는 온갖 상념으로 잠을 이루지 못했다.

5

잊히지 않는 기억

폭설이 내리던 날, 요양원에서 고단한 삶을 지탱해오던 한 노인이 세상을 떠났다. 그리고 아주 오래전 목포 행복원에서 청소년 시절을 보냈던 한 사람이 나자레원을 잠시 다녀간 것을 알았다. 그녀의 아버지가 어부였고, 납북을 당했고, 해주에 머물 때 내가 면담했던 이였다. 다만 너무 오랜 시간이 지났으므로 원장 선생이 말해주지 않았더라면 모르고 지나쳤을 것이다. 그녀의 아버지가 억울한 죽임을 당한 일에 내가 연루되어 있다는 것드 알고 있었다. 사실 그녀의 할아버지 김민규는 고하도 감화원에서 만난 이로 나보다 서너 살 위였다. 형이라 불렀는데, 나보다 먼저 감화원에 끌려와 있던 그는 내가 감화원을 벗어날 무렵에도 그 지옥에 갇혀 있었다.

한국전쟁이 발발하고 내가 다시 목포에 왔을 때 그 형은 이른바 지방 좌익으로 활동하고 있었다. 얼마나 반가웠는지 모른다. 감화원에서 우리를 굶주림 상태에서 들짐승처럼 부리고, 하루도 거르지 않고 뼈가 어긋날 만큼 구타를 일삼았던 자들은 전쟁이 터지자 모두 어디론가 도망가고 없었다. 모두 잡아 죽였어야 했는데 그처럼 분한 일이 없었다. 하긴 해방이 되자 감화원을 운영했던 일본인들이 모두 자기네 나라로 돌아갔다고 했다. 한국 정부가 사람들을 내려보내 여전히 감화원을 운영했다고 했으니, 도망가지 않고 있었다고 해도 예전의 그들은 아닐 것이었다.

행복원 원장 부부가 곤경에 처했을 때 나는 그 형에게 부탁해서 그분들을 지켜낼 수 있었다. 인민군이 후퇴할 때 나는 체포되어 포로가 되었으나 그 형에 대해서는 알 수 없었다. 인천에 미군이 상륙하고 서울시청에 걸렸던 인공기가 내려져 불태워지는 일들이 워낙 급하게 이루어졌고 우리는 서둘러 후퇴해야 했으므로, 게다가 나는 목포를 벗어나자마자 체포되었으므로 그 형을 챙길 겨를이 없었다.

너무도 많은 시간이 속절없이 흘렀으므로 더구나 나는 얼마 지나지 않아 세상과 작별할 것이었으므로 남은 하루하루를 다만 흠없이 지내기를 소망했다. 지난 일에 대해서는 아무것도 생각하고 싶지 않았다는 뜻이다. 사람의 일생이 누구나 같지는 않을 것이고, 누구라도 즐거움과 기쁨과 아름다움 그리고 괴로움과 슬픔과 추함이 섞여 있을 것이지만, 어쩌면 나처럼 온 생애가 고통으로 점철될 수 있는지 그 까닭을 알지 못했다. 나는 저주받은 인생인가 싶기도 했다. 그런데 왜 나는 저주받은 삶이어야 하는가. 네 불행에 남 탓 마라고들 하지만 저주로 가득한 내 생의 책임이 온전히 나에게 있다면, 나도 내 탓이겠거니 하지 않겠는가. 나는 생각을 정지하기로 했다. 미쳐서 죽을 것 같았기 때문이다. 아주 다행스러운 일은 이제 내 생애가 막바지에 이르렀다는 점이다. 죽음만은 그나마 공평한 것인가. 죽어 사라지면 다 잊고 말 테니까.

그런데 추운 겨울 이른 새벽에 그 아이를, 이제는 사십이 넘어 중년이 된 그녀를 이른 새벽 눈을 치우다 언뜻 보았을 뿐이었으나 그 아이에 대해 알고 난 후 나는 충격으로 몸을 가누지 못할 지경이 되었다. 직접 만나 이야기를 나누었으면 좋았을 텐데, 아쉬움이 컸다. 어쩌면 서로 모르고 지나친 것이 다행인가, 싶기도 했다.

세상을 떠난 노인과는 오랜 세월 같은 지붕 아래에서 지낸 데다, 피차 사고무친의 형편이기도 해서 혈육처럼 가까이 지내던 처지였다. 나보다 나이가 다섯 살 많아서 나는 누이라 부르곤 했는데, 그때마다 미우라 마코토는 얼굴을 살짝 붉히며 수줍게 미소 짓곤 했다. 세상을 떠날 때가 다가온 것을 알았는지 며칠 전에는 내 손을 힘없이 잡고서, 동혁 아우는 나보다 더 오래 살아서 꽃 피고 눈 내리고 바람 불어 꽃 지는 모습을 더 많이 보라고, 서럽게 살았으니 남은 시간은 더 많이 웃고 세상에 남은 원망은 다 지우라고 말했다. 나는 펑펑 울었다.

미우라 마코토는 일본으로 유학 온 조선인 청년을 만나 연애를 했다고 했다. 같은 학교에서 만났으니 요즘 아이들 말로는 캠퍼스 커플일 것이다. 마코토는 조선 청년의 얼굴 가득 배어 있는 우울증의 원인이 식민 지배하에 있는 사정에서 기인하는 것으로 보고 그에게 연민을 갖게 된다. 사랑보다 더 강한 것이 연민이다. 사랑은 퇴색할 수 있지만 연민은 대상에 대한 집착을 버리지 못하기 때문이다. 두 사람은 연애와 동거와 사실혼의 과정을 거치는 동안 부모는 물론 주변의 친구들과도 절연하게 된다. 그 시대에 일본 여성이 조선인 남성과 연애하거나 심지어 결혼한다는 것은 모험에 가까운 일이었다.

조선이 해방되고 남편을 따라 조선으로 들어온 마코토를 기다린 건 그녀를 대하는 조선인들의 멸시와 증오의 감정이었다. 남편은 직장을 얻지 못해 생계를 위해서는 그녀가 나서야 했다. 한국전쟁이 발발하자 미군은 비밀리에 일본인들의 협력을 요청한다. 전세를 뒤집기 위한 상륙작전을 계획하면서 한반도 주변 해역에 지뢰제거 작업이 필요했고, 일본군 중대 병력이 그 일을 수행했다. 영문학을 공부했던 미우라 마코토가 통역 일을 맡아 할 수 있었다는 뜻이다. 단지 생계를 위해 나선 일이었으나 그녀의 남편은 왜년의 정체성은 숨길 수 없다면서 그녀를 구타하고 집에서 쫓아냈다고 했다. 마코토의 몸에는 아이가 자라고 있었으나 일본의 부모와 조선의 남편에게서 이중의 추방을 경험한 그녀는 독한 마음을 품고 집을 나섰다. 때가 되면 고향으로 돌아가리라고 생각했다. 그러나 아이를 낳으면 그 아이는 어떻게 되는가, 한숨과 눈물로 날을 샜다. 마코토가 들려주던 말이 생각난다.

"언젠가 일본으로 돌아가서 부모님 묘소에 엎드려 용서를 빌고 싶다. 정에 이끌려 조선으로 왔지만 나는 엄연히 일본인이다. 한시도 그것을 잊은 적 없다. 한국과 일본 간에 국교가 단절되는 바람에 배편이 끊겼고 그래서 고국으로 돌아가지 못했다. 만약 고향으로 돌아가지 못하고 여기서 죽으면 육신이야 이 땅에 묻히겠지만 영혼이라도 내 고향으로 돌아가고 싶다. 어릴 때 함께 놀던 철없던 친구들을 만나보고, 엄마가 해주시던 따뜻한 우동을 한 번이라도 다시 먹고, 집 앞을 졸졸졸 흐르던 개울물 소리를 자장가 삼아 포근하고 깊은 잠을 자고 싶다.”

그러나 그녀는 살아서는 고향으로 돌아가지 못했다. 일본 정부는 생활이 어려운 일본인 처들에게 일정한 경제적 지원을 해주었으나 변변치 못했고, 한국 정부는 국적을 가진 재한 일본인 처에게만 복지시설을 통한 간접 지원 형태로 소액의 경제적 지원을 해주었다. 경주 나자레원에서 일본인 처 사십여 명을 따뜻하게 보살펴준 일은 세상 무엇과도 견줄 수 없는 고맙고 아름다운 일이다. 그들은 세상에서 버림받은 사람들이었고, 잠시 사랑했다고 믿었으나 그들로부터 인간적 배신을 경험한 쓰라림은 기억에서 지워지지 않을 것이었다. 그래서 그들은 타인에게 도무지 마음을 열려고 하지 않았다. 이십여 년 전 내가 이곳에 왔을 때, 그리고 오랜 시간 함께했을 때도 그들은 나를 무심하게 지나쳤을 뿐이다.

미우라 마코토와 친밀하게 지낼 수 있었던 것은 내가 한국전쟁 때 인민군이었고 거제 포로수용소에 갇혔다가 석방된 후로도 반공 포로가 아니라는 이유로 다시 붙잡혀 가고, 구타와 고문으로 죽기 직전 상태로 몸을 심하게 다쳐 병원 신세를 지나던 시절을 우리가 기억해낸 데 있었다. 부산의 한 병원에서 그녀가 보조 간호사로 환자들을 돌보고 있었고, 그중에 내가 있었다는 것을 희미하게 기억해 낸 우리는 오랫동안 헤어졌던 동기를 만난 것처럼 반가워했다. 견뎌왔던 일들에 대해 마음을 열고 이야기를 나누게 되자 마코토가 어느 날, 고백할 게 있다고, 꼭 해야 할 말이 있는데, 요양원 원장도 아니고 예배당 목사도 아닌 내게 해야 할 것 같다고 해서 나는 마음으로 깜짝 놀라 그녀를 바라보았다.

"이건 비밀을 꼭 지켜줘야 해. 아니면 난 여기서도 쫓겨나거나 스스로 죽게 될지도 모르니까, 알았지, 동혁 씨?"

무슨 무서운 말을 하려나 싶어 나는 긴장했고, 마코토는 어두운 얼굴로 무겁게 입을 열었다.

"왜년의 갈보 속성은 숨길 수 없다고 남편이 나를 마구 두들겨 패고 집에서 쫓아낸 후 집을 나왔잖아. 갈 데가 없어서 허름한 여인숙에서 한 달을 보냈는데 그때 몸속의 아이를 출산한 거야. 여덟 달 만에 세상에 나왔으니 조산인 셈이지만 아이는 사내였고 건강한 편이었어. 그런데 나는 아이를 키울 자신이 도무지 없는 거야. 무섭기도 했어. 아직 어린 나이인데 엄마가 된다는 사실이, 그리고 혼자서 아이를 키울 때 받게 될 세상의 눈초리가 무서웠어. 게다가 난 조선에서 살아가는 일본인 처잖아. 버림받은."

그녀가 내게 들려준 이야기를 다시 생각하니 마음이 너무 아프다. 마코토의 이야기를 듣고 왜 요양원 원장이나 목사에게가 아니라 나에게 고백할 수밖에 없다고 생각했는지 이해되었다. 나를 신뢰하고 있다는 뜻이기도 해서 고맙기도 했다. 그러나 처음에는 나도 너무 놀라고 당황스러웠다.

그녀는 태어난 아이를 이불에 말아 넣고 그 위에 올라선 다음 아주 천천히 오랫동안 밟았다고 했다. 아이의 숨이 끊어질 만한 충분한 시간이 지나가고 남을 때까지도 그녀는 밟기를 멈추지 못했는데, 살아온 시간과 함께 인연을 맺었던 모든 이들과 작별하는 마음이었다고, 비통해했다. 죽은 아이는 상자에 담아 뒷산에 묻어주었다고, 그것은 어쩔 수 없는 일이었다고 흐느꼈다. 내가 용서할 위치에 있는 사람은 아니었으나 나는 그녀를 끌어안고 토닥여주었다. 오랫동안 가슴에 묻고 지내느라 얼마나 힘들었을까 싶었다. 살다 보면 어쩔 수 없는 일이 있기도 하다는 것을 내가 모르지 않았으니까 내가 그녀를 용서하고 말 것은 사실 없었다.

마코토는 죄를 용서받기 위해서, 그것을 용서받을 수 있다고는 생각하지 않았으나 어쨌든 할 수 있는 한 최소한으로 먹고 생활하면서 자신을 멸시하는 다른 이들을 탓하지 않았으며, 무엇 하나 자신의 몫으로 소유하지 않았다고 했다. 나자레원에 와서는 동료 일본인 처들이 아플 때마다 성의껏 그들을 간호하는 것이 자신의 일이라도 되는 듯이 도맡아 했다.

이제 저세상으로 갔으니, 육신과 함께 영혼도 평온해지기를 빌뿐이다. 죽어서라도 고향 땅으로 돌아가고 싶다는 염원도 땅에 묻혔으나 이미 망자는 아무것도 알지 못할 것이니 그만 됐다고 나는 생각한다.

소외

경주에 다녀온 후 몸살을 심하게 앓았다. 며칠을 장거리 운전을 한 데다 날씨가 추웠고, 떠나보낸 이들을 생각하느라 마음이 편하지 않았기 때문이었다. 그래도 연구실에 나가 봄학기 강의 계획서를 다듬어 포털에 올리고, 몇 사람 보직 교수에게 인사를 했다.

시간강사로 오랫동안 지낼 때는 다음 학기 강의 시간을 확보하는 일로 정신이 피폐해지곤 했다. 연구 실적도 필요하지만 가장 중요한 배점이 학생들의 교수 수업 평가였다. 나는 자주, 나를 다독이곤 했다. 내가 선생이 아니라 그냥 지식 노동자다 혹은 저들은 학생이 아니라 지식 소비자거나 상품 구매자다, 그렇게 다독였다. 물론 교수 수업 평가에 교수님 덕분에 학기 내내 행복했다는 글을 남긴 아이도 있어 나는 뭉클했고 덩달아 행복하기도 했다. 두세 군데 학교를 뛰어야 했으므로 강의 시간이 겹치지 않도록 시간표를 짜는 것도 중요했다. 그것은 내 의지대로 되는 일이 아니어서 나보다 강의 연차가 많은 이른바 선배 강사들이 원하는 시간을 먼저 정하고 내 차례가 오면 나머지 시간표를 골라야 해서 여간 피곤한 일이 아니었다. 그래도 여기저기 강의시수가 많은 것도 매우 다행이기는 했다. 공동연구실이 있었으나 연차가 오랜 선배 몇이 붙박이로 차지하고 있어서 낄 엄두를 내지 않았다. 서로를 싫어했다. 누군가 무슨 사정이든 결원이 생겨야 내 시간이 확보되는 생존경쟁의 장이었으니까. 겉으로 드러난 일은 아니지만, 학과 전임들에게 찍혀서도 안 될 일이었다. 나는 한 번도 그 흔한 전임연구원 자리를 얻지 못했다. 까닭은 분명하지 않으나 전임들에게 딥보인 게 있나 싶어 늘 마음이 불편했다. 그렇다고 내가 다른 무엇으로 그들에게 잘 보여야 할 것인가, 누군가의 은근한 눈길에 수락한다는 포즈를 취할 수도 없지 않은가, 나는 사회생활이 서툰가, 여기에서도 끌어주고 밀어줄 사람이 없으니까, 늘 힘이 드는구나 싶었다. 물론 괜찮은 이들이 아예 없었다고는 못하겠다. 왜 아니겠는가. 다만 나는 대체로 소외자라는 느낌이 강했다. 외롭고 쓸쓸하고 더러 피곤했다.

 학위를 받기 직전, 기껏 세 시간짜리 강의 하나에 성폭력 피해자가 될 뻔했던 적도 있었다. 서울 인근의 어느 대학 전임으로 있던 그는 지도교수의 제자였으니 굳이 따지자면 그와 나는 사문이기도 했는데, 내게 세 시간짜리 강의 하나를 주겠다 해서 고맙다는 인사를 하러 갔었다. 그가 이끄는 대로 밥을 먹고 술을 곁들이고 수업과 상관없는 이야기를 들으면서 고단한 시간을 견딜 때, 이후에도 늦은 시각 내 집 근처를 우연히 지나가는 길이라고 얼굴 좀 보자고 억지를 부릴 때, 그 얼마간의 시간이 지나면서 그는 나를 가지고 놀아도 되겠구나, 그런 판단을 했던 모양이었다. 누구에게 의지할 이 아무도 없는 젊은 여성이었으니, 더구나 밥벌이에 숨차하던 때였으니 그가 나를 만만하게 보고 괴롭힐 수 있었을 것이다.

무척 다행스럽게 계약직이나마 조교수로 임용된 것은 내게 드문 행운이었다. 달라진 게 많았다. 우선 개인 연구실이 배정되었다. 강의 시간을 내 의지에 따라 선택할 수 있었다. 지방의 다른 학교까지 가지 않아도 되었다. 연구비 지원 금액이 시간강사 때와 달랐다. 학교 직원들의 응대도 달랐다. 특히 연구재단 과제를 수주하고 나서도 연구비를 집행하는 산학협력단 직원들은 매번 자기들 주머니에서 내주는 것처럼 까다롭게 굴더니 태도가 공손해졌다. 새해 달력을 만들어 배포할 때 탁상용뿐 아니라 벽걸이용도 제공되었다. 시간강사에게는 탁상용 달력 하나만 주어진다. 그 사소한 듯 보이는 것이 아무렇지도 않게 당연한 듯 차별이 되었어도, 아무도 그것이 바람직하지 않다고 말하지 않았다.

코로나바이러스가 한창 유행하던 해 스승의 날 때, 학과에서 시간강사들에게 마스크를 나눠주었다. 학과사무실에서 작은 서류 봉투에 들어 있는 그것을 수령하고 꺼내 보니 마스크가 딱 한 장 들어 있었다. 그래 놓고는 단과대 학장 명의로 여러분의 노고에 감사한다고, 스승으로서의 소명에 충실한 여러분에게 감사하다고 쓰여 있었다. 세상에 그깟 마스크 한 장이 얼마나 된다고 열 장도 나이고 딱 한 장을 넣어둔 것을 나는 여태 쓰거나 버리지 않고 보관하고 있다. 냉대와 차별과 무시를 잊지 않고 싶어서였다.

그런데 그즈음 내가 더 놀랐던 것은, 그 일에 관해서 아무도 말하지 않았다는 점이다. 강사노조에서마저 입을 달았는데, 노조 간부들도 전임 눈치를 보는 강사들이었기 때문이었다. 다른 면에서 보면 애초 시작할 때는 여러 억압을 받고 강의에서 배제되기도 했지만 시간이 흘러 이제 노조가 안정되자 어느덧 노조도 기득권의 일원이 되어버린 탓도 없지 않아 있었다. 어쨌거나 너나 할 것 없이 부당하다고 생각되는 일에도 침묵해야 살아낼 수 있다는 것을 확인하는 심정이 비참했다. 어디에서나 식민지는 있었고, 누군가는 식민자에게 비굴한 태도를 보여야 살아남을 수 있는 피식민자였다. 지금은 조교수지만 삼 년 계약 기간이 끝나면 나는 또 어떻게 될지 모른다. 그 시간이 허락하는 기간에 나는 연구논문을 완성하고 싶다는 생각만이 가득했다. 몸에 열이 남아 있고 밥맛이 없어 피곤했으나 폴더를 열어 자료를 살펴보려다가 누군가로부터 이메일이 와 있는 것을 보았다. 뜻밖에도 새벽에 경주 나자레원 예배당 앞길의 눈을 치우던 노인이었다.

'김은주 선생께'로 시작하는 긴 글을 읽으면서 나는 호흡이 멎는 것 같았다.

"나는 목포 행복원에서 어린 시절 아주 약간의 시간을 보낸 인연이 있는 최동혁이라는 사람이오. 김 선생에 대해서는 비교적 잘 알고 있소. 그런데 며칠 전 폭설이 내리고 마침 나자레원의 마지막 일본인 처 한 사람이 운명하던 날 선생이 이곳을 다녀간 것을 뒤늦

게야 알았소. 새벽에 예배당 앞길의 눈을 쓸고 있을 때 선생이 지나 갔다는 것을 그때 알았더라면 얼마나 좋았을까, 오랫동안 생각하 다가 원장님께 부탁해서 김 선생의 명함을 얻었소. 전화를 걸기에 는 마땅치 않아서 서툴지만, 전자우편이라는 것을 쓰게 되었소. 읽 을 수 있다면 다행이오만.”

나는 당장이라도 경주로 달려가서 그를 만나보고 싶었다. 그는 내 아버지의 죽음과 어떤 식으로든 연관이 있는 사람이었다. 그를 만나 이야기를 들으면 어쩌면 내 아버지의 억울한 죽음과 집에 불 이 나서 죽은 어머니의 의문도 해소할 수 있지 않을까 싶었다. 오랫 동안 마음에 담아둔 원한이 다시금 활활 불타올랐다. 그러나 나는 갑자기 가슴에 통증이 와서 자리에서 쓰러지고 말았다. 의식은 있 는데 몸이 움직여주지 않았다. 무섬증이 들었다. 구급차를 불러야 하나 생각하다가 현주를 떠올렸다. 괜한 소란을 피울 게 아니라 그 리 멀지 않은 곳에 사는 현주를 부르면 조금 안심이 되지 않을까 싶 었던 것이다. 다행히 겨울방학 기간이어서 현주는 집에 있었고, 내 전화를 받자 곧장 달려와주었다.

현주에게 전화를 마치자 곧장 긴장이 풀렸는지 나는 정신을 잃 었던 모양이었다. 현관 비번은 몇 번 우리 집에 와본 현주가 기억하 고 있었다. 깜짝 놀라서 나를 병원으로 옮겨놓고 현주는 이틀을 내 곁에 머물면서 나를 돌봐주었다. 천만 명이 모여 살아가는 대도시 서울에서 그래도 한 사람이라도 내가 의지할 수 있는 이가 있다는 사실에 새삼 눈물이 났다. 누적된 피곤과 놀랄 만한 일의 연속으로 심신이 피곤했을 뿐 몸에 다른 이상은 없었다.

"전화해주어서 감사했어요, 선생님. 그런데 식은땀을 흘리며 의식을 잃은 채 혼곤한 잠 속에서도 최동혁이라는 이름을 몇 번 부르던데요. 아빠, 엄마도 애타게 불렀지만. 그분은 누구세요? 동혁이라는 분, 설마 아무도 몰래 선생님 마음속에 간직한 분이신가 봐요?"

정현주가 실눈으로 웃으며 물었다. 그렇지, 최동혁 그분이 보내온 이메일을 읽다가 내가 혼절한 거지. 나는 현주가 웃으며 묻고 내 얼굴을 빤히 바라보는 것을 보고도 쉽사리 말문을 열지 못했다. 어디서부터 이야기를 풀어나갈 수 있을지 아득했던 탓이다.

현주가 운전하는 차를 타고 집으로 와서 다탁에 마주 앉았다. 그동안 행복원에 관해서는 이야기하지 않았으나 이제는 말할 때가 된 듯도 싶었다. 현주는 내 이야기를 들으며 깜짝 놀라는 눈치였다. 눈언저리를 붉히기도 하고, 안타까운 듯 한숨을 내쉬기도 하고, 고개를 연신 끄덕이기도 했다. 현주가 내 말을 들어주어서 고마웠다. 가슴에 오래 숨겨두었던 말을 풀어내자, 몸과 가음이 얼마간 가뿐해진 느낌이기도 했다. 그러나 말을 통해 과거의 진실을 털어놓을 수는 있지만, 그렇다고 과거를 완전히 복원하는 것까지 가능하지 않다는 것을 나는 물론 모르지 않았다. 빨갱이 혹은 간첩 가족이라는 원죄는 평생 나를 무력감에 사로잡혀 지내게 했었다. 비록 고문에 의한 거짓 자백의 결과라고 하지만 아무도 믿지 않았고, 너무 어렸던 나는 다만 두려움으로 가득했다. 오랫동안 아버지의 억울한 죽음에 관해 일부러 침묵과 외면을 선택한 데는 그런 사정이 있었다. 기억하고 싶지 않은 그러나 결코 망각할 수 없는 과거의 일이 이제 해결해야 할 현재의 사건으로 다가온 것을 나는 느꼈다.

"이제라도 아버지의 억울한 죽음을 바로잡고 느닷없는 화재로 어머니까지 잃은 의문을 풀고 싶어. 그래야 저세상에 계신 부모님이 편히 눈감을 수 있지 않겠니?"

"물론이죠. 그런데 제가 무엇을 어떻게 도와드릴 수 있을까요?"

"경주 나자레원에 계신 최동혁 할아버지를 먼저 만나봐야겠어. 그분의 이야기를 직접 듣고 싶어. 이메일에 그분이 행복원을 떠나 북으로 갔던 일, 한국전쟁 때 인민군으로 목포에 나타난 일, 납북된 아버지와 동료 어부들이 해주에 머물 때 만났던 일들을 적어놓긴 했지만 직접 뵈어야 더 상세한 이야기를 들을 수 있겠지. 그분이 아버지의 자진 월북이 아닌 납북 사실을 증언해줄 수 있거나, 아버지를 비롯한 납북 어부들이 북한의 공작원으로 훈련받고 남파되었다는 당국의 발표가 사실이 아니라는 것을 어쩌면 말해줄 수도 있으니까. 우선 그분을 뵙고 나서 네게 도움이 필요하면 이야기할게. 혹시라도 이런 일에 도움 줄 수 있는 괜찮은 변호사가 있나 천천히 알아봐 줘도 고맙겠고."

지워지지 않는 기억

눈매가 서늘하고 입매가 야물게 생긴 젊은 여인이 자꾸 나를 뒤돌아보는 게 느껴졌다. 평소 보지 못한 사람이었는데, 기억을 더듬어 보니 미우라 마코토의 임종과 장례 때 왔던 이가 분명했다. 그런데 어디선가 한 번이라도 얼굴을 스치기는 했을까, 낯이 익은 듯하다가 그럴 리가 없겠지, 했었다. 그이가 타고 왔던 자동차로 눈 쌓인 길을 따라 되돌아가는 것을 한참을 바라보고 있을 때, 마침 원장 선생이 갑자기 생각났다는 표정으로 내 소매를 잡아끌었다. 원장 선생이 내게 물었다.

"그러고 보니 최동혁 선생님이 어렸을 때 잠시 목포에서 지냈다고 하지 않았어요?"

나는 깜짝 놀랐다. 내가 그런 말을 했던가. 왜, 어쩌다 그런 말을 했지? 당황스러웠다. 이십여 년 전에 나자레원에 들어올 때 나는 칠순을 넘긴 노인이었을 뿐 아니라 볼이 홀쭉하고 뼈가 앙상해서 곧 쓰러질 듯한 상태였다. 살아내는 것이 버겁기만 했고 무엇보다 의미가 없는 삶이었다. 그래도 목숨은 질겨서 당장 죽지는 않았는데, 그러자니 배가 고프고 목이 마르고 따스한 아랫목에서 잠들고 싶은 욕망이 강렬했다. 거리에서 지쳐 쓰러져 있는 나를 발견하고 요양원으로 데려와 지금까지 사람답게 생을 부지하게 해준 이가 송미호 원장이다. 처녀 때 자원 봉사한다고 들어와서 사십 년이 지나는 동안 결혼도 하지 않고 사고무친의 외로운 이들을 보살피고 있다. 이제는 함께 늙어가고 있는 친구라 해도 되겠다.

내게 묻고 내 말을 인내를 갖고 기다리고 있는 그녀의 말간 얼굴을 나는 바라본다. 살아 있는 보살이고 천사다 싶으면서도 저 이는 왜 저렇게 생면부지의 낯선 이들을 한결같이 돌보나 싶을 때가 종종 있다. 누구나 할 수 있는 일이 아니기 때문이다. 나는 살아오면서 사람들을, 그들의 선의를, 그들이 불의에 분노하는 것, 사랑을 역설하는 것을 믿지 않았다. 그런데 이곳에 와서 지내는 동안 맺힌 한이 누그러지고 마음이 순해져 갔다. 종종 그것을 느꼈다. 나이를 먹어가고 있기 때문이기도 할 것이다. 짐승이나 사람이나 떠날 때가 다가오면 성정이 순해진다고 했다. 나야 구십을 넘겼으니 머지않아 마코토 누이의 뒤를 따라갈 것이다. 그런데 내가 이십여 년 전 이곳에 들어와서 내가 누구인가, 어떻게 살아왔는가를 말하면서 목포를 이야기했다고?

목포는 내게 화인(火印)과도 같이, 지워지지 않는 오래된 기억이다. 아무리 의식 저편으로 밀어내고 지우려 해도 그렇게 되지 않는다. 겨우 열세 살 무렵 쌍둥이 형과 함께 끌려온 곳이 목포 고하도였다. 도시의 끝자락 작은 섬마을 안에 '목포국립학원'이라는 간판을 단 수용소가 있었다. 영문도 모르고 끌려온 우리 말고도, 비슷한 나이와 처지의 아이들 삼십여 명이 있었다. 머리가 약간 모자란 듯싶은 아이들도 있었고, 대부분은 고아라 했는데, 우리 형제에게는 분명 부모님이 있었다. 저녁 늦게까지 집어 들어가지 않고 동무들과 놀다가 억센 사내들 서너 명에게 영문도 모르고 끌려온 것이다. 한번 들어오면 살아서는 밖으로 나갈 수 없었다. 일본인 원장과 의사와 간호사들은 우리보다 그 수가 더 많았다. 시시때때로 매질이었다.

왜 그렇게 어린아이들을 두들겨 팼는지 한참 후에야 그 까닭을 알게는 되었다. 일제가 1937년 중일전쟁을 일으키고 난 그 이듬해에 국가총동원법을 만들어 조선 청년들을 징용과 징병 근로보국대와 정신대 등으로 끌고 갔다고 했다. 그런데 그 무렵 내 나이는 기껏 열세 살이었다. 다른 아이들도 비슷했다. 그런 아이들을 끌고 와서 그들은 무엇을 하려고 했을까? 더구나 목포 앞바다에 있는 작은 섬 고하도라니.

그때는 영문을 알 수 없었으나 해주에 정착하고 전쟁을 겪고 남으로 공작을 하러 오가고 붙잡혀 오랜 수인 생활을 하는 사이 나는 그때 왜 우리가 그런 고통을 겪어야 했는지 점차 알게 되었다. 일본 제국주의자들이 우리나라를 빼앗아 식민 지배하는 과정에서 조선의 백성이 겪어야 했던 참혹함의 축소판이라고 나는 이해했다. 우리 힘만으로 해방을 이루지 못한 탓으로 남과 북이 분단되고 전쟁의 참화를 겪어야 했던 이 땅에 살아가는 이들의 고통과도 무관하지 않을 일이라고 나는 믿었다. 그렇다 한들 나는 다만 무력하기 이를 데 없는 존재였다.

고하도는 임진왜란 때 명량대첩을 승리로 이끈 이순신 장군이 잠시 머물렀던 요충지였다. 일제는 그 고하도에 1938년부터 방공호를 파기 시작한다. 사람이 아닌 인간 어뢰정을 숨기기 위해서였다고 했다. 가미카제 자살특공대가 그랬던 것처럼 어뢰정에 사람을 태워 적진에 뛰어들게 할 목적으로 아이들을 끌고 와 모진 매로 학대했다는 것을 알고 나서 나는 숨이 멎을 듯한 흉통으로 의식을 잃고 쓰러졌다. 우리는 그때 쉴 틈 없이 땔감을 마련하거나 밭농사를 짓는 일에 날마다 동원되었다. 어차피 전쟁의 제물로 바쳐질 도구였으니 우리를 그렇게 학대해도 아무런 죄의식을 갖지 않았을 것이다. 배고픔과 매질을 견디지 못하고 바다에 몸을 던져 죽거나 바다를 건너 도망을 하다가 익사해서 죽어가는 아이들도 있었다. 붙잡혀 오면 야전삽과 몽둥이로 잔혹한 매질을 했다. 살아 있는 죽음과 다를 게 없는 고통의 시간이었다. 형과 나는 바다를 헤엄쳐 도망하다가 나만 살아 행복원에 몸을 숨길 수 있었다. 그 행복원 이야기를 내가 했던가? 기억이 가물가물하다.

"네, 그랬어도 하도 오래전이라 기억이 가물가물합니다만."

새삼스레 왜 그걸 묻느냐 나는 묻고, 원장 선생은 방금 저 눈길을 따라서 왔던 길로 돌아간 사람이 목포에서 온 사람이라고 답했다. 그게 왜, 무슨 의미가 있느냐고 나는 다시 물었고, 원장 선생은 그이가 행복원에서 어린 시절을 보냈다더라고, 나이 차가 있으니 같은 시기는 아니겠지만 최동혁 선생도 잠시 그곳에서 지냈다 하지 않았느냐고 다시 물었다. 나는 그 여인의 이름을 물었다. 혹시나 했더니 세상에, 그 아이였다. 김은주, 그 아이의 이름을 내가 어떻게 잊겠는가. 원장 선생에게서 건네받은 명함을 한참이나 바라보다가 작은 도서관의 공용 컴퓨터를 켜고 긴 편지를 썼다. 전화를 걸기엔 마땅치 않았고, 띄엄띄엄 이메일을 쓸 수 있어서 다행이었다.

내가 북으로 간 것은 바다를 헤엄쳐 고하도에서 탈출했던 것과 마찬가지로 살기 위해서였다. 최대한 줄이겠으나, 이야기가 좀 길다.

1942년이었을 것이다. 여름에, 행복원에 의지한 지 며칠 지나지 않아 일본 순사와 고하도 감화원 사감이 나를 찾아왔다. 붙들리면 다시 생지옥에서 끔찍한 생을 이어가거나 맞아 죽거나 둘 중 하나일 것은 분명했다. 나는 재빨리 뒷문으로 도망쳤다. 뒤돌아보지 않고 유달산 거친 길을 뛰어 바위 뒤로 몸을 숨겼다. 유달산은 바위천지뿐 숲이라 할 게 없었다. 밤이 이슥해지도록 꼼짝하지 않고 숨어 있었다. 허기와 함께 갈증이 심했고, 웅크리고 앉아 있어서 온몸이 칡넝쿨로 두들겨 맞은 듯 욱신거렸다.

산 아래 멀리 바다를 오가는 배들이 보였다. 저 배를 타고 먼 곳으로 갈 수 있으면 좋겠다고 생각했으나 그것은 단지 바람일 뿐이었다. 엄마 아빠가 생각나 섧게 울었다. 부모님이 계신 곳이 어디인지, 어디쯤에서 붙잡혀 온 것인지 도무지 기억나지 않았다. 서울 부근일 거라고 어렴풋한 기억은 있었으나 분명하지 않았다. 어쨌든 나는 날이 채 밝기도 전에 산에서 내려와 목포역으로 갔다. 돌멩이에 걸려 넘어지는 바람에 작은 바위에 이마를 찧어 검붉은 피가 흘러내리고 눈두덩이 욱신거렸다. 엄마 아빠와 형의 모습이 어른거려 엉엉 울면서 철길을 따라 걸었다. 뒤돌아보지 않았다. 목포에서 최대한 멀어지는 것만이 살 길이라고 생각했다. 그렇게 서울 근교까지 왔다. 걸인과 다름없는 몇 년을 보냈다.

1945년 여름, 해방을 맞아 사람들은 기뻐했으나 또 누군가에게 붙잡혀 갈지 모른다는 두려움으로 나는 거리에 나가는 대신 바다를 거쳐 북으로 갔다. 내겐 일본군이나 한국군이나 미군이나 한가지로 두려움의 대상일 뿐이었다. 나는 해주에 정착해서 고깃배의 잔심부름을 하며 연명했다. 몇 년 지나지 않아 남북을 가르는 군사분계선이 생겼다. 황해도 해주는 38선 바로 위쪽에 있는데, 특히 용당포는 남에서나 북에서나 상대지역을 향해 월경하기 좋은 지역이었다. 어쨌거나 더 이상 나는 쫓기지 않아도 되었다.

"1950년 한국전쟁이 발발하자 나는 인민군으로 입대하게 되었소. 그전까지는 해주에서 한 어업조합에 배치되어 고기 잡는 일에 종사했소. 해주는 땅이 기름지고 기후가 온화하오. 인근에 연백평야와 은율평야가 있어 곡식이 부족하지 않고 채소와 사과, 배, 포도, 복숭아 등을 생산하는 근교농업도 제법 활발했소. 어항을 중심으로 경기만에서 조기, 민어, 광어, 숭어, 전어, 갈치, 새우, 조개, 굴, 바지락 등의 수산물이 많이 잡히오. 특히 연평도 근해에서 잡히는 조기는 전국 생산량의 대부분을 차지하기도 하였소. 전쟁이 일어나지 않았다면 나는 해주에서 여전히 고되고 가난한 어부겠으나 그래도 별 탈 없이 평화로운 생을 보냈을 것이오. 그러나 해방이 우리 힘만으로 이루어진 게 아니듯 전쟁도 인민들의 뜻과는 무관하게 시작됐소. 그때는 스무 살 청년이었으니 아무래도 혈기 왕성했겠지. 일제를 대신해서 우리나라를 식민 통치하고 있는 미제를 때려 부수고 완전한 통일을 이루자. 인민이 주인 되는 공화국을 만들자. 그런 구호가 마음에 들기는 했었소. 그러나 전쟁에 나가고 싶지는 않았소. 전쟁은 무슨 명분으로든 상대를 향해 총을 쏴야 하고 멀쩡한 생명을 끊어야 하는 일이니까. 나는 어린 시절 내 몸에 새겨진 폭력의 기억을 잊지 못하는 사람이오. 그러나 우리에겐 선택권이 없었지. 인민군은 남으로 거침없이 내려갔그, 내가 속한 제13연대는 전쟁 개시 한 달 만인 1950년 7월 24일에 목포항을 점령했소. 나는 상급자의 허락을 받아 행복원에 가보았소. 팔 년 만에 돌아온 곳이어서 참으로 감개무량했다오.”

거기까지 써놓고 다시 읽어보니 나는 돌라도 김은주에게 무슨 의미가 있을까 싶었다. 내가 북으로 가서 무엇을 하며 지냈고 전쟁 때 목포 행복원으로 돌아와서 무엇을 보았는지 그이에게는 별 의미가 있을 것 같지 않았다. 나는 써놓은 글을 지웠다. 그이에게 중요한 것은, 납북 어부였으나 북의 공작원이라는 누경을 쓰고 죽은 아버지의 억울함을 밝히는 일일 것이었다. 김은주는 미처 알지 못하겠지만 그녀의 할아버지 김민규가 고하도 감화원에서 있었다는 것과 한국전쟁 때 지방 좌익으로 목포에서 활동했었다는 사실이 저들의 비극에 서로 연관되어 있을 것 아닐까, 나는 그런 생각을 오래 했다.

1980년 가을 김은주 아버지를 태운 고깃배가 서해 북방한계선 근처에서 인민군 경비정에 예인되었다고 했다. 어부는 모두 여섯 사람이었다고 했다. 나는 한국전쟁 때 목포에 왔다가 행복원에 차려진 인민위원회를 지도하는 군관의 보조원 임무를 수행했다. 해주에서 어업조합에 배치되었듯이 목포에서는 인연을 따라 행복원에 머무른 것이다. 전쟁 중에 더욱 늘어난 전쟁고아들을 행복원 원장 부부는 정성껏 돌봐주었다. 덕분에 그들은 인민재판에서 살아날 수 있었다. 그 무렵 좌익 활동을 하고 있던 김민규 형을 만나 도움을 요청한 것도 한몫했다. 그런데 문제는 맥아더의 인천상륙작전이 성공하면서 목포를 비롯한 남해안 지역에 주둔하던 인민군이 고립무원의 처지가 된 데 있었다. 시간을 다투어 북으로 전개해야 할 상황이 되었을 때 나는 그만 국방군에 체포되었다. 거제도 수용소에 갇혔다가 포로 석방 때 나는 다시 세상으로 나올 수 있었다. 김민규 형은 모르겠다. 인민군을 따라 북으로 갔는지 후퇴하는 와중에 미군의 폭격으로 목숨을 잃었는지 알지 못한다.

나는 거제도에서 풀려나긴 했지만 반공 포로로 분류된 것은 아니어서 남한 당국의 혹독한 감시와 냉대를 받아야 했다. 북한과 연계된 사건이 일어날 때마다 나는 검거되어 아무런 죄 없이 구치소에 갇혀야 했다. 구금과 폭력과 고문의 기억은 무엇보다 몸에 각인된다. 수치스러움과 고통에서 벗어날 수 있는 유일한 길은 죽음밖에 없다는 생각에 사로잡혀 스스로 목숨을 끊고 싶은 유혹으로 내몰린다. 그것도 허락되지 않는 감시가 느슨해졌을 때 나는 또다시 북으로 향했다. 이번에도 살기 위해서였다. 나는 다시 해주에 있는 대남공작 부서에 배치되었다. 영웅은 아니었지만, 남쪽 당국의 핍박을 피해 돌아온 전사로 대접받았다. 거제도에서 반공 포로로 분류되지 않은 점과 어린 시절 고하도 감화원에서 겪었던 참혹한 일들도 내 출신성분을 보증하는 표시였다.

덕분에 1980년 가을 김은주 아버지를 비롯한 남한 어부들의 월경 사건을 심문할 수 있었다. 그들은 북한 체제를 동경해서 자진 월북한 이들이 아니었다. 고기 떼를 찾아 무리한 욕심을 낸, 그냥 보통의 어부들이었다. 김은주의 아버지가 그의 부친이 한국전쟁 때 북으로 갔으리라 믿고 그리움을 이기지 못해 월북했다는 남한 당국의 발표는 거짓이었다. 북에서 아무도 김민규를 언급하지 않았다. 그는 기록에 남아 있는 인물이 아니었다. 한국전쟁 때 목숨을 잃은 수백만 명의 원혼 중 하나일 뿐이었다.

"그러하니 김은주 선생. 돌아가신 아버님이 얼마나 억울했겠소? 그때 우리는 어부들이 자진 월북한 것드 아니고, 북에서 살고자 하는 뜻도 없고, 가능한 한 빨리 고향으로 돌아가고 싶어 한다는 진술을 수십 번 확인했소. 그들 일행 중 누구도 북에 연고가 있는 이도 없었소. 가족들은 모두 목포에 있었고. 그래서 우리는 그들을 남으로 돌려보내려고 남한 당국과 협의를 했소. 그런데 마침 그즈음 남한의 정세가 요동치고 있었소. 군부가 쿠데타를 일으키고, 봄에는 광주에서 양민 수백 명이 시위 중에 죽고 난 후 그 여진이 계속되고 있었소. 우리는 자칫 어부들의 귀환이 그들에게 예기치 않은 불행한 사건으로 연결되지 않을까 염려가 컸소. 적어도 나를 비롯한 실무 단위에서는 그런 걱정이 있었소. 그 사건 이전에도 종종 군사분계선을 넘어왔다가 되돌아간 어부들이 남파간첩으로 몰려 죽임을 당하곤 했으니 우리는 그 점을 염려했던 곳이오. 목포는 내가 인연이 있는 곳인 데다가 어부들에겐 김은주 선생 같은 나이 어린 자녀들이 있었소. 또 남한 당국은 우리와 진전된 협상 대신 뭔가 결정을 미루려는 기색이 보였소. 남한 정세가 유동적이라 그랬을 것이오. 어부들은 그렇게 무려 팔 년을 북에서 지내게 된 것이오. 사정이 그러했소."

북으로 온 어부들은 해주 어업조합에 배치되어 고기를 잡았다. 물론 그들은 엄중한 감시를 받았고 지정된 숙소를 벗어나지 못했다. 일주일에 열 시간씩은 사상 교육을 받아야 했다. 자본주의 사상을 지우고 공화국의 사회주의 사상이 그들의 몸에 배게 하는 것은 대남공작 부서에서 당연히 해야 할 일이었다. 그러나 그들은 어부일 뿐이었다. 가난한 집에 태어나 어렵게 자랐고 교육을 충분하게 받을 기회를 얻지 못한 채 거친 바다에서 고기를 잡아 생존을 도

모하는 어부들이었다. 대부분 결혼해서 아이들이 한둘 있었다. 고향과 두고 온 가족들 생각에 그들은 심각한 우울증으로 힘들어하는 모습이 역력했다. 한 사람은 경계를 뚫고 바다로 뛰어들었다가 목숨을 잃기도 했다. 어부들에겐 자본주의고 사희주의고 다 부질없는 일이었다. 아니 둘 다 억압이었다. 가난하게 태어난 사람들이 가난한 삶에서 도무지 벗어나지 못하는 체제와 이케올로기가 다 무슨 소용일 것인가.

나는 남으로 몇 차례 대남공작을 나갔다. 목포에도 두어 번 갔다. 그래서는 안 될 일이었으나 어부들의 간절한 쿠탁 하나는 들어주지 않을 수 없었다. 식구들에게 안부를 전해달라는 것, 그들이 잘 있는지 살펴달라는 부탁이었다. 김은주는 그 무렵 겨우 두 살짜리 젖먹이였을 것이다. 행복원을 만들어 의지할 데 없는 어린아이들을 따뜻하게 보살펴 주던 원장 두 분은 이미 세상을 떠난 후였다.

나는 남한 당국에 체포되었고 간첩죄로 으랜 시간 옥고를 치렀다. 감옥에서 1988년 서울 올림픽이 열렸다는 소식과 북으로 갔던 어부들이 남파 공작원이 되어 귀환했다가 모두 체포되었다는 뉴스를 들었다. 해주에서 내가 심문했던 김은주 아버지를 비롯한 어부들이었다. 그런데 왜 하필 88올림픽이 열리던 해이 그들의 송환 협상이 이루어졌을까, 나는 궁금했다.

어림해보기로는 어쩌면 북쪽은 8년 동안이나 북에서 지냈던 그들이니 그들의 몸에 사회주의 사상이 충분히 스며들었을 거라고 믿었을 것이고, 남쪽은 88올림픽을 평화의 축제로 과시하고 싶었을 것이니 서로의 이해가 맞아떨어졌을 것이다. 월북이든 납북이든 그들이 남으로 돌아오는 일은 남북 당국 간 협상의 결과일 뿐 그들의 의지나 힘으로 될 일이 아니다. 그 무렵 다른 이들은 무심하게 넘겼을지 몰라도 내가 보기엔 하나의 상징적인 사건 하나가 있었다.

1988년 9월 17일이었을 게다. 올림픽대회 때마다 성화에 점화하는 것과 함께 평화의 상징이라고 비둘기를 하늘 높이 날리는 퍼포먼스가 그날 서울에서도 있었다. 올림픽 개막을 알리기 위해 2천 400여 마리의 비둘기를 붙들었다가 성화에 불을 붙이는 순간 하늘로 날려 보내는 행사가 텔레비전을 통해 생중계되고 있었다. 그런데 서울 올림픽주경기장 성화대에 불이 붙는 순간 성화대 불구멍 가까이에 앉아 있던 비둘기들 수십 마리가 불에 타 죽는 모습이 전 세계에 그대로 중계되었다. 사람들은 환호가 미처 끝나기도 전에 경악했다. 나도 그때는 개막식을 준비한 이들의 어이없는 실수로 생각했다. 그러나 월북 어부들이 마침 그 무렵 남으로 돌아왔고, 그들을 남파간첩으로 몰아가는 것을 지켜보면서 비둘기들의 느닷없는 죽음과 겹쳐 생각하곤 했다. 물론 나의 과민한 반응이고 상상일 뿐이다.

그런데 왜 돌려받은 어부들을 북한 공작원이라고 고문해서 재판에 넘기고 겨우 갑판원이었던 김은주 아버지는 모진 고문을 받은 후 만신창이가 된 몸으로 풀려난 후 곧 죽어야만 했을까? 도무지 이해할 수 없는 일이었다. 얼마 지나지 않아 김은주네 집이 원인 모를 화재로 전소되고 그녀의 어머니가 변을 당했다는 것도 알았다. 참으로 놀라운 일이었다. 그 사람이 무슨 공작원일 것이며 독한 고문을 온전히 받아내야 마땅한 죄를 지었을 것인가. 굳이 죄를 만들자면, 그의 아버지 김민규가 한국전쟁 당시 목포에서 지방 좌익으로 서너 달 활동했었다는 것이겠는데, 그렇다고 죄 없는 자식을 엮어서 그렇게 죽여야 할 만큼 김민규의 죄가 컸던 것도 아니었다. 어머니마저 까닭 모르게 죽을 무렵 김은주는 아마 열 살이나 되었을 텐데, 이웃의 주선으로 행복원에 맡겨졌다고 했다. 사람의 일이란 정녕 사람의 이해를 뛰어넘는 것인가. 나는 그들의 억울한 죽음이 내 탓이라도 되는 듯 가슴에 통증이 왔다.

"너무 오랜 시간이 흘렀으나 김은주 선생의 아버님은 스스로 월북한 것도, 대남공작원으로 다시 고향에 돌아온 것이 아니오. 그것은 내가 보증할 수 있소. 그러하니 내가 도움이 된다면 무슨 일이라도 기꺼이 할 용의가 있소. 돌아가신 부모님의 한을 풀고자 한다면, 나는 방법을 알지 못하나 김 선생이 원하는 일이면 무엇이라도 해볼 테니 연락을 주시오. 작은 도움이 된다면 큰 기쁨이겠소."

6

진실을 찾아서

2024년 봄이 지나갈 무렵, 남파간첩 혐의로 재판에 넘겨지고 무기징역을 받은 내 아버지의 억울함에 관한 재심이 시작되었다. 그때 아버지와 함께 고초를 겪었던 사람들이 모두 세상을 등지고 단 한 분만 생존해 계셨는데, 발가벗긴 채 구타와 고문을 당했고 자진 월북 사실과 남파간첩이라고 자백하지 않으면 가족까지 힘들 수 있다는 계속된 협박에 시달렸다는 증언이 법원에서 겨우 받아들여진 덕분이었다.

최동혁 할아버지의 기억과 서면 증언은 도움이 되지 않았다. 그분은 한국전쟁 때 인민군의 일원으로 목포에 왔었다. 맨 먼저 고하도 감화원으로 달려간 그분이 한 일은 어린 소년들을 붙잡아 와서 굶기고 때리고 학대했던 감화원 운영자들을 찾아내는 일이었다. 어쩌면 나도 그랬을 것이다.

일제강점기 조선총독부는 부랑아 수용을 명분으로 1938년 10월 목포 고하도에 감화원을 설립했다. 최동혁 할아버지와 그의 쌍둥이 형은 영문도 모른 채 붙잡혀 들어와 감금당한 채 지옥과 다름 없는 고통을 겪었으니, 위치가 바뀌어 이제 총을 든 그가 복수를 할 차례였다. 그러나 해방이 되자 감화원을 운영했던 일본인들이 돌아가고 나서도 한국 정부가 감화원을 그대로 유지하고 있었다. 1950년 7월에, 때려 죽여야 할 일본인들은 없고, 한국인 운영자들도 인민군이 들어오기 직전에 목포를 빠져나갔다. 허탈했을 것이다. 늙은 어부를 찾았으나 이미 세상을 뜬 후였다. 쌍둥이 형을 묻은 곳을 찾을 수 없었다.

인천상륙작전의 성공을 시작으로 미군이 대대적인 반격을 할 무렵 퇴로가 끊길 것을 염려한 인민군이 북으로 후퇴를 서두를 때 최동혁은 포로로 잡혔다. 거제도 포로수용소를 거쳐 다시 월북하고 이후에 공작원으로 남북을 드나들었던 그분의 증언을 누구도 신뢰하지 않았다. 마침 2023년에서 2024년 봄까지는 독립운동가였던 분들에 대해서도 공산주의 이력을 문제 삼는 사회적 분위기가 휘몰아치고 있던 때였다. 육군사관학교 교정에 자리한 홍범도 장군상을 비롯한 다섯 분의 흉상을 육사에서 내보내려는 시도가 관제 데모대의 극성과 함께 소란스럽게 지속되고 있었다.

아버지 사건의 재심을 맡기로 한 변호인이 맨 먼저 최동혁 할아버지를 배척했다. "그는 여전히 공산주의자라는 낙인이 지워지지 않은 사람입니다. 누가 그분의 말을 신뢰하겠습니까?" 하고 내게 물었다. 법정에서는 누가 옳고 그른가를 따져 묻지 않는다고, 돌아가신 아버지의 억울함을 푸는 게 목적인 한 납북이 월북으로 둔갑하고 고문과 협박 끝에 인정한 진술을 무효토 만드는 일에 집중해야 한다고 나를 설득했다. 게다가 수십 년 세월이 흘러 그날의 진실을 알고 있던 사람들은 하나하나 세상을 떠났다. 사건의 진상을 밝히고 억울한 이들의 원혼을 달랠 수 있는 처음이자 마지막 기회였다.

지금까지 무엇을 했느냐고, 멸공과 반공을 외치던 시대가 지나가고 민주주의가 성숙한 시절이 오기까지 대체 무얼 했느냐고 꾸짖는 사람도 있었다. 그러니까, 그동안 나는 왜 침묵했을까, 망각을 스스로 강요했을까. 아무리 세상이 변했다고는 해도, 남과 북의 정상이 함께 만나 백두산 정상에서 환하게 웃으며 두 손을 마주 잡고 흔들었어도 곧 그것이 부정당하고 공격받는 것을 내 눈으로 보면서, 무서웠다고 말하면 그랬겠구나, 얼마나 두려웠겠니, 하고 나를 이해해줄까. 늦었지만 지금이라도 얼마나 다행이니, 아무리 망각을 강요해도 때가 되면 진실이 드러나는 법이라고, 나를 위로하고 격려해 줄까. 아니, 나는 그렇게 순정한 사람은 아니다.

다만, 내가 그 겨울 경주로 찾아가 뵈었을 때 나를 붙들고, 미안하다고, 정말 미안하다고 눈물짓던 그분의 얼굴이 눈에 밟혀서 괴로웠다. 그분이 내게 미안해할 일은 없었다. 평생 고통과 배제와 소외의 삶을 견뎠을 그분에 대해 내가 미안했다. 그런데도 나는 변호인의 말을 따랐다. 어렵게 얻어낸 재심을 망쳐서는 안 되었으니까.

최동혁 할아버지는 지난겨울 병석에서 숨을 거두었다. 연락을 받고 경주에 내려갔을 때는 이미 눈을 감은 후였다. 그분이 써준 내 아버지 사건과 관련한 서면 증언을 재판부에 제출할 수 없었지만,

한 사람의 투명한 영혼을 들여다볼 수 있었던 건 내가 성장하는 데 큰 도움이 되었다. 성장이라는 게 별 게 아니라, 그가 누구라도 사람을 판단하는 일을 서둘지 않게 되었고, 어쩔 수 없었다는 말의 의미를 다시 새기는 계기가 될 수 있었다는 점에서 나는 그렇게 생각했다.

더구나 내 할아버지가 최동혁 할아버지와 같은 고하도 감화원에서 지냈다는 사실을 알게 되고 나서도, 나는 자지러지게 놀라거나 하지 않았다. 놀라운 일이긴 했으나 그랬구나, 그랬구나, 했다. 누구라도 자신의 생을 자기 스스로 뜻대로 시작하는 사람은 없을 테니까. 그나마 나는 최동혁 할아버지와 같은 순수한 영혼을 지닌 분과 내 할아버지가 같은 시대 같은 장소에서 지냈다는 게 얼마간 위안이 되기도 했다. 지옥 같은 시절을 견뎌야 할 때 주변 모두가 악마와 다름없는 이들만 있었던 건 아니었을 테니까. 광포하고도 참혹한 현실에서 나 혼자서만 이런 고통을 당하고 있는 건 아니라는 위안과 절망 속에서도 언젠가는 이 지옥을 벗어날 수 있다는, 벗어나겠다는 작은 희망을 지녔기를, 바랐다.

집에 느닷없는 화재가 일어나서 어머니가 비명횡사하다시피 돌아가신 사건은 어디서부터 그 의혹을 풀어나가야 할지 종잡을 수 없었다. 나 어릴 때 살았던 옛 동네 사람들은 대부분 고인이 되었거나 너무 늙어 치매에 걸렸거나 다른 곳으로 이사 가서 말 붙일 사람이 남아 있지 않았다. 그런 까닭에 현주도 별다른 도움이 되지 못했다. 현주 친구인 다영의 어머니도 치매에 걸려 있었고, 가끔 온전한 기억이 돌아올 때가 있다고 했으나 내가 그분 곁에 붙어 있을 수 있는 형편이 아니었다. 이야기는 전해 들었다.

다영 어머니의 집에서, 그러니까 다영의 집에서 몇 걸음 거리에 내가 태어났던 우리 집이 실재했다고 그랬다. 밤중에 환한 대낮 같은 불길이 치솟고 삽시간에 시커멓게 타버린 집 안에서 젖먹이를 내던지고 그 집 안주인은 불에 타서 죽었다고, 지금도 그 처참한 광경이 잊히지 않는다는 이야기를 어머니가 했다고, 그랬다. 불에 탄 집은 오랫동안 방치되었는데 어느 군인인가 그게 미군인 것도 같고 한국 해군인 듯도 하고 혹은 경찰인가 아무튼 나랏일을 한다는 사람이 불탄 집을 허물고 반듯한 새 집을 지어 살았는데, 몇 해 지나지 않아 그 집마저 불이 나는 바람에 오래전부터 흉가로 방치되어 있다고, 그랬다. 사람들이 말한다고, 저 집은 아마 몹쓸 귀신이 들러붙은 집일 거라고, 바깥주인이 북으로 갔다가 다시 남으로 왔다가 죽고, 그 아내는 불에 타서 죽었으니 아마도 몹쓸 귀신의 저주가 아니라면 어떻게 그런 일이 일어날 수 있었겠느냐고, 그런다고들 했다.

그런데 또 종종 나는 생각했다. 아버지의 얼굴조차 기억나지 않지만, 퇴근을 위해 지하철에 몸을 실었을 때, 그 무렵 아버지의 연배쯤 되어 보이는 사람의 일과에 지친 표정을 무연히 바라보거나 할 때, 유난히 그런 생각이 들었다. 아버지는 정말 할아버지가 그러니까 아버지의 아버지가 북에 있을지도 모른다고 생각하기는 했을까. 어쩌다가 그랬거나 아니면 어족을 따라 이동하다 보니 북방한

계선 근처가 되었거나 간에 그 바다를 조금만 지나면, 어쩌면 아버지의 소식을 들을 수 있을지도 모른다는 생각을 얼핏 하기는 했을까.

최동혁 할아버지의 말대로라면 해주로 끌려온 아버지에게서 할아버지 김민규 씨에 관해서는 언급이 전혀 없었다고 했으니, 내 상상은 부질없는 게 맞을 것이다. 논리적으로는 그런데도 나는 아버지를 떠올릴 때마다 어쩌면 그랬을 수도 있을지 몰라, 그런 생각을 했다. 그 무렵 아버지가 결혼해서 나를 낳았다고는 해도 겨우 스물 몇의 청년이었으니 어머니의 뱃속에 자신을 남겨두고 종적을 감춘 아버지에 대해서, 그리고 지방 좌익 활동을 하다 어쩌면 인민군을 따라 북으로 갔을 거라는 풍문을 나중에 들었을 수도 있었을 테니까, 아버지를 한 번은 만나보고 싶은 열망이 전혀 없었다고는 못할 터였다. 왜냐하면, 내가 아버지였어도 한 번쯤 그런 모험이라도 해서, 아버지를 만나볼 수 있다면 기꺼이 그랬을 것 같았기 때문이었다.

해후

오카모토 유카 선생 이야기를 해야겠다. 2022년 겨울 목포에서 헤어진 이후 우리는 서로의 소식을 알지 못했다. 그때 내가 일본제국주의자들의 식민 지배에 관해, 아니 그 시기를 바라보는 역사적 관점에 대해 지나치다시피 공격적으로 말을 해서 분명 마음에 상처를 입었을 그분을 생각하면 상념이 깊었다. 미안한 마음과 어쩔 수 없었다는 마음이 교차해서 불편했다.

그 이후 무척 바빴다. 경주 나자레원을 여러 차례 방문했다. 첫 번째 겨울에는 일본인 처로 불리는 미우라 마코토 할머니의 장례를 지켜보았다. 그다음 해엔 고하도를 헤엄쳐 벗어나 행복원에 머물렀던 최동혁 할아버지를 뵈러 갔다. 그다음 해 겨울엔 최동혁 할아버지의 장례를 치렀다. 할아버지의 유골 일부는 목포 앞바다 고하도가 보이는 곳에 골고루 뿌려드렸다. 당신의 고향과 부모 형제에 대해서는 끝내 알려진 게 없어서 그분의 기억 속에 깊이 각인되어 있을 목포에 뿌렸는데 당신의 뜻이기도 했다.

그사이에 아버지의 억울함을 풀기 위한 재심을 성사하기 위해 서울과 목포를 오가야 했다. 식민 시기 조선에 살았던 일본 여성들에 관한 연구논문은 학술지에 게재되었다. 논문을 완성하고 학술지에 보내 심사를 거치고 모욕적인 심사평과 함께 재심사 판정을 받고 다시 고쳐 쓰고 겨우 게재 확정이 되는 일 년여 동안 마음고생과 우여곡절이 많았다. 오카모토 선생을 가끔 생각하긴 했으나 매우 짧은 순간 그러다 잊곤 했는데, 2024년 가을 경기도 고양에서 선생과 해후했다. 뜻밖이었다. 우리는 전혀 예기치 못한 장소에서 마주쳤는데, 반가움보다는 섭섭한 감정이 먼저 들었다. 어쩔 수 없는 일이었다. 우리가 아무리 그럴듯한 의미 있는 일을 한다 해도, 그러는 순간순간 그 의미 있다고 여기는 일을 하면서 스스로에 대한 만족을 느낀다고 하더라도, 우리는 감정을 지닌, 그냥 보통의 인간인 것이다.

경기도문화재단이 후원하고 근현대사학회에서 주관하는 전쟁 전후 동북아 민간인 학살에 관한 학술 세미나에서 나는 한국전쟁 당시 금정굴 민간인 학살 사건에 관한 주제 발표를 맡았다. 1937년 난징 대학살에 관해서는 난징대학 첸쉐썬 교수가, 1923년 간토대지진 당시 조선인 학살에 대해서는 오카모토 유카 선생이 발제자로 되어 있었다. 처음에는 토론자로 지정되어 있었는데 발제를 맡았던 선생이 개인 사정으로 빠지는 바람에 오카모토 선생이 대신 맡았다고 했다. 개인 사정이라는 게 일본과의 과거사를 묻어두고 가자는 최근의 관변 분위기에서 굳이 눈총받을 게 없다는 처신 아니었을까, 다들 그렇게 추정하는 눈치였다.

세상이 좀 수상쩍은 게 일본제국주의자들이 저질렀던 과거사를 거론하면 공산주의와 엮으려는 듯한 분위기가 있어서 몸을 움츠리는 이들이 없지 않았다. 화는 붓끝에서 나온다고, 소나기는 피해 가는 게 좋다고, 당장 아니라도 말할 기회는 온다고 갑자기 무슨 철학자나 된 듯한 포즈를 취하는 게 지식인 사회의 일반적 풍경이었다. 히스테리로서의 반공주의는 그렇게 자기균열을 내재화해서 결국 파시즘과 독재와 권위주의 지배가 물리적 통제 없이도 유지될 수 있는 기반이 된다. 세미나를 준비하던 선생 몇몇과 그런 이야기를 나누며 씁쓸해했다.

그런데 오카모토 유카 선생이 한국에 와서 간토대지진 당시 조선인 학살에 관한 발제를 하는 건 미처 알지 못했다. 선생은 연구자나 학자라기보다는 시민 활동가인데도 2차 대전을 전후한 일본제국주의자들의 행위에 관한 진실 규명 작업에 진심인 사람으로 알려져서 그렇게 된 모양이었다. 그야 상관없었다.

우리는 반갑게 인사를 나누었지만, 어색했다. 한국에 오면서 내게 연락하지 않았다는 사실이 섭섭했고, 예전 목포에서의 일을 여전히 마음에 담아두고 있었구나, 해서 섭섭했을 것이다. 그분도 그랬을까, 그랬을 테지. 다만 세미나에 집중하고부터는 개인의 감정은 또 별것 아니었다. 우리는 매우 유익한 내용의, 물론 전혀 새로운 사실은 아니고 이미 알려져 있던 사실을 재확인하는 자리이긴 했으나, 유익한 내용을 교환했고, 그런 점에서 흡족했다.

난징 대학살과 간토 대학살의 주범은 일본인들이다. 1937년 12월 17일 난징에 들어온 일본군은 난징 주변과 시내로 몸을 숨긴 중국군 패잔병을 수색하며, 6주 동안 중국군 패잔병들과 난징 시민들을 잔혹하게 학살했다. 전후 극동국제군사재판소는 최소 12만 명 이상이 참혹한 죽임을 당한 것으로 결론지었다. 8만 명의 여성이 성적 학대를 당하고 무참히 살해되었다. 난징대학에서 온 중국인 교수는, 일본군들이 중국 사람들을 어떤 방식으로 죽이고 시체를 처리하고 성폭행 범죄를 저질렀는지 차마 말할 수 없다고, 침묵과 탄식 끝에 결국 눈물을 보이고 말았다.

그러니까 왜, 무엇 때문에 그렇게 잔혹한 짓을 서슴없이 했는가 하는 점이 우리가 갖는 의문이었다. 일본군 위안부의 존재 자체를 부정하거나 자발적 매춘이었다고 주장하는 것과 같은 맥락에서 일본은 난징 대학살 사실 자체를 부정하고 있다. 객관적 증거가 산더미처럼 쌓여도 왜곡과 날조라고 주장한다.

"저는 그때 난징에서 인간으로서 차마 저지를 수 없는 야만적 폭력을 행한 일본인들이 악마여서 그랬다고는 생각하지 않습니다. 물론 전후에도 사실 자체를 부정하는 것에는 참을 수 없는 분노가 끓어오르긴 하지만, 중요한 것은 우리가 왜 과거의 참혹한 일을 다시 상기하느냐 하는 것입니다. 잊지 않음으로써 다시는 그런 비극이 일어나지 않도록 하기 위해서죠. 그러니까 문제는 항상, 왜? 라는 질문을 끊임없이 제기해야 하는 것입니다. 왜? 왜 그랬을까요? 물론 살아 있는 사람의 팔과 목을 칼로 베고 기름을 붙여 태워 죽이고 산 채로 구덩이에 몰아 넣어 매장을 하는 일본군의 모습을 보면 그들은 한 치의 부끄러움과 죄의식을 느끼지 못하는 악마 그 자체이긴 했습니다. 중요한 것은, 그리고 잊지 말아야 할 것은, 전쟁이라는 상황입니다. 전쟁이 악마죠. 상대방을 가장 잔인한 방식으로 절멸하는 것이 전쟁의 방식이니까요."

십 분을 쉬는 동안 차를 마시거나 담배를 피우는 사람이 대부분이었지만 누구도 입을 열어 자그마한 목소리라도 말을 나누지 않았다. 모르지 않았으나 다시금 확인하는 왜? 라는 질문과 그 답이 우리 모두를 침묵하게 했다. 간토대지진 당시 조선인 학살에 관한 오카모토 선생의 발제도 난징 대학살의 문제와 비슷했다. 달랐던 것은, 학살의 주체가 군대가 아닌 민간인들과 소위 자경단이었다는 점이었는데, 1923년 9월 간토대지진이 일어나고 혼란과 민심의 악화라는 위기를 벗어나기 위해 일본 정부가 그 배후에서 학살을 부추겼다는 사실이 나중에 밝혀졌다. 역시 아니라고 부정하지만.

오카모토 선생은 발제를 시작하기 전에 자리에서 일어나 허리를 깊이 숙이고, 일본인으로서 일본인들을 대신하여 사죄와 함께 용서를 구한다고 말했다. 사람들은 고개를 끄덕이거나 박수로 선생의 진심을 응원했다. 그녀의 용기, 우익은 물론이고 일본 사람들 대다수가 기억하기를 싫어하는 그들의 과거에 대해 그녀가 거듭 말하고 있는 용기에 대해 경의를 표했다. 나도 마찬가지였다. 왜 아니겠는가. 그녀는 존경받기에 부족함이 없는 분이었다. 나는 선생의 말을 경청했다.

　"조선인이 폭동을 일으키고 방화와 강간을 일삼는다, 조선인이 우물에 독약을 푼다, 라는 조직적이고 악의적인 유언비어를 접한 보통의 일본인들은 불안과 공포심을 갖게 되었지요. 저는 이 불안과 공포를 자극해서 아무런 죄가 없는 조선 사람들 6천여 명을 칼, 죽창, 곤봉 등의 흉기를 사용하여 무참하게 살해토록 한 제국 정부가 아무런 책임을 지지 않았다는 사실에 분노합니다. 저토록 잔인한 범죄를 아무 거리낌 없이 자행한 보통의 일본 사람들에게 아무런 잘못이 없다고 생각하지는 않습니다. 불의한 것을 지시한 자는 지시한 것만큼, 그것을 행한 자는 행한 만큼의 책임이 있지요. 다만, 7.9의 강진으로 10만 명이 죽고, 20만 명이 몸을 다치고, 10억 엔의 경제 손실을 유발한 엄청난 재난 앞에서 사람들은 공황 상태에 있었다는 점을 기억해주셨으면 좋겠습니다. 난징대학교 첸쉐썬 교수님이 말씀하셨듯이 다시는 저러한 비극적 사건이 일어나지 않도록 하는 것이 무엇보다도 중요하기 때문에, 사건의 원인에 대한 이해가 더해져야 그것이 가능하다고 보기 때문입니다."

　알겠고 충분히 이해했는데, 나는 점차 지루함을 느꼈다. 그토록 무참하게 사람들을 살육한 보통의 일본 사람들을, 그들이 왜 그러한 비인간적 범죄를 저질렀는가에 대한 이해를 말할 때 감정적인 저항이 생겼기 때문일까. 어쩌면 그랬을 것 같다. 그렇게 이해하기 시작하면, 상황을 이해하자면, 누구에게도 책임을 물을 수 없게 되고 만다. 대학원 시절 근대사를 전공한 원로 교수가 우리에게 물었다.

자네들은 이완용을 을사오적의 우두머리라고, 나라를 팔아먹은 역적이라고 말하지? 그런데 그때 상황을 잘 생각해보면, 나는 그의 결정을 충분히 이해할 수 있어. 그는 일본이 오랫동안 동아시아의 절대 강자였던 청나라와 유럽 강대국 러시아를 차례로 물리치는 것을 가까이에서 지켜보았던 사람이야. 당시 조선의 힘이 얼마나 보잘 것없는가, 서양 세력의 침탈에 맞설 여력이 없는가에 대해서도 훤히 알았고. 그는 총리대신이었잖아. 더구나 회담장 밖에서는 일본군들이 대포를 쏘아대며 시위하고 있었지. 공포를 느꼈을 거야. 회담장으로 들어서는 좁은 복도에는 총검을 찬 일본군들이 위협적인 모습으로 도열해 있었고. 자네들이라면, 그 상황에서 도장을 찍지 않았을까? 그걸 장담할 수 있을까? 무서웠을 거야, 암, 사람이란 존재는 다른 무엇에 앞서 자신의 실존이 위협받을 때 그 위협에서 벗어나려는 본능이 작용하게 마련이야. 누구라도 예외 없이.

그러니까 정년을 앞둔 그 늙은 교수는 상황을 들어 이완용이 나라를 팔아넘긴 것을 이해하자고 말했던 것이어서, 우리는 아니 적어도 나는 분개했다. 그의 말대로라면, 임진년에 백성을 버리고 압록강 가까이 의주까지 도망간 임금이나 한국전쟁이 발발하자 단 이틀 만에 국민을 버리고 대구까지 도망간 대통령을 이해하지 못할 일도 아니었다. 그들도 두려웠을 테니까, 그들도 살고자 하는 욕망을 지닌 보통의 인간이었을 테니까.

그런 속내를 숨기지 못하고 얼굴에 티를 냈던 나에게 그가 좋은 성적을 주었겠는가. 그로부터 십여 년 후 그가 생각보다 일찍 치매에 걸려 요양원에 있다는 말을 전해 들었을 때, 다 같이 모여 병문안을 한번 가보는 게 어떻겠느냐는 제안을 들었을 때, 나는 아무런 반응을 보이지 않았다. 그냥 보통의 사람이라도 자신의 의지와 손으로 행한 일에 대해서는 마땅한 책임을 져야 한다고 나는 줄곧 믿었기 때문에, 그의 상황론을 용서할 수 없었다. 이완용보다 그가 더 싫었다. 그렇다면 목숨을 잃어가면서, 가족을 챙기지 못하면서 억압과 불의에 저항했던 사람들은 어리석은 사람이 되는 거니까. 그래서는 안 되니까.

오카모토 선생의 말을 들으며 줄곧 그런 생각을 하느라 피곤했다. 재난 상황에서 인간의 불안을 이용한 악의적인 소문의 유포가 상당한 원인이 되었다는 것을 나는 모르지 않았다. 그러나 난징에서와 마찬가지로 간토에서 대학살은 그냥 보통의 일본 사람들의 의지와 손에 의해 자행된 것을 부정할 수는 없다. 간토대지진 당시 조선인들에 대한 무참한 학살에 대해서 단 한 사람의 일본인이 처벌받지 않았다.

학살

　근현대사학회 세미나를 마친 저녁 주최 측에서 발제자와 토론자들에게 식사 자리를 마련했다. 식사를 하면서도, 자리를 옮겨 차를 마시면서도 이야기가 끝없이 이어졌다. 일부러 내 옆자리에 앉은 오카모토 선생은, 일본인 처들에 관한 내 논문 내용에 대해 무척 흥미를 보였다. 일본어로 번역해서 일본에서 책으로 출판할 수 있으면 좋겠다고, 그렇게 해볼 생각이 없느냐고 물었다. 200자 원고지 140장 정도의 소논문이어서 한 권의 책으로 묶을 만큼의 분량이 아닌 데다가 무엇보다 한 번도 생각해보지 않은 일이어서 나는 잠시 대답을 망설였다. 그런데 선생의 제안을 곰곰 생각해보니 불현듯 그렇게 해보고 싶다는 생각이 들었다. 그녀의 발표를 들으면서 느꼈던 불편함이 사라지고 있었다.

　내가 발표했던 고양 금정굴에서의 민간인 학살 사건에 대한 그녀의 관심도 컸다. 난징과 간토에서의 학살은 일본인들이 만행의 주체였다면, 한국전쟁을 전후한 민간인 학살은 한국 정부와 한국 사람들이 주도했다. 난징과 간토에서의 대학살에서 일본인들의 책임 문제를 이야기할 때 가졌을 오카모토 선생의 곤혹스러움이 내 발표가 이어질 때 조금 덜어졌을까, 그런 생각을 잠깐 했다. 전쟁이나 혼란 시기에 학살이 일어났고, 학살을 자행한 이들이 비단 일본인들만은 아니라는 점이 위안이 되었을까, 그런 생각을 잠깐 했다.

식사를 끝내고 자리를 옮겨 차를 마실 때, 금정굴을 비롯한 민간인 학살 문제에 관심을 보이며 질문할 때의 표정에서 그동안 보았던 희미한 죄의식의 감정을 읽지 못해서였을 것이다. 나는 또 선생을 비난하려고 하는가, 마음속으로 작게 웃었다. 제국주의 시기 학살을 자행한 범죄자들이 아니고 그러한 범죄 사실을 부정하는 자들도 아니고 망각에 저항하면서 진실을 밝히려 애쓰는 사람에게 나는 왜 자꾸 감정적 거리를 만들려 하는지 모를 일이었다.

경기도 한산마을 뒷산에 금정굴이 있다. 자연 동굴이 아니고 일제강점기 때 채굴을 위해 수직으로 파놓은 굴이다. 제국주의 전쟁 비용을 충당하기 위한 수탈의 장소다. 한국전쟁 당시 수복 후인 1950년 10월 6일부터 25일까지 고양경찰서에 의해 200여 명의 주민들이 금정굴에서 학살당했다. 학살은 20일 동안 계속되었는데, 고양경찰서 소속 경찰관, 의용경찰대원, 태극단원 60여 명이 번갈아 가며 교대로 가담하였다. 이유는 단 한 가지였다. 인민군에게 부역했다는 것이었는데, 젖먹이와 젊은 여인이 희생자의 대부분이었다.

정부는 적에게 협력했다는 의심만으로도 '부역자'라는 딱지를 붙였고, 그들의 생명을 박탈했으며, 공포심 확산을 통해 국민의 복종을 끌어냈다. 나는 그렇게 생각했고, 그런 내용의 발제를 했었다. 부역자 처형은 한국전쟁 기간에 국민보도연맹 사건 다음으로 가장 많은 인명이 학살당한 사건이었고, 전국에서 벌어졌던 사건이었다. 전국적으로 대략 백만 명 내외의 민간인이 학살당했다. 국민을 버리고 도망친 정부는 수복 후 쏟아질 국민의 비판이 두려워 미처 피난도 가지 못한 국민을 적이나 협조자로 몰아 정부에 대한 비판을 봉쇄하고자 했다. 공산주의자에 대한 혐오와 적대의 감정은 그렇게 분단과 전쟁을 거치며 그냥 보통의 한국인 내면에 자연스럽게 자리했다. 나에게 덧씌워졌던 공산주의자의 딸, 월북자 가족, 빨갱이라는 차별과 배제를 그래도 이겨낸 데에는 나보다 먼저, 나보다 더 많은 고통을 겪었던 사람들이 존재했기 때문이었다. 그것이 온당하지 않다고 믿고 싸웠던 사람들, 그들의 희생이 있어서 가능했다는 것을 물론 모르지 않았다. 어떻게 몰랐겠는가.

오카모토 선생이 물었다. 물었다기보다는 그의 생각을 말했다.

"무책임한 데다 조선인들과 사회주의자들을 한꺼번에 제거하려 했던 간토대학살 당시 제국 정부의 행태와 비슷하군요."

나는 최대한 부드럽게 미소를 잃지 않으려 애쓰면서 말했다. 말의 내용보다 형식이 아니 내용 못지않게 형식이 중요하다는 것을 깨닫게 되어서인데, 그래도 내 이야기를 듣고 있는 선생의 표정이 조금씩 어두워지는 것을 보았다. 가슴이 아팠다.

“그렇긴 합니다만, 제 이야기의 요점은, 일본제국주의자들의 식민 지배와 침략과 착취와 전쟁이 없었다면, 이 땅에서 분단과 전쟁이 일어나지 않았을 텐데, 그렇다면 공산주의자라고 무참하게 죽이고 그 가족까지, 아니 도무지 공산주의와 무관한 사람들마저 죽임을 당한 비극은 일어나지 않았을 것이다. 그런 이야기, 그런 생각입니다.”

분위기가 가라앉고 있었다. 전체적인 분위기 탓에 수세에 몰려 있던 오카모토 선생이 지금까지 한 번도 하지 않았던 이야기를 갑자기 꺼낸 후에는 얼음물을 뒤집어쓴 것처럼 모두의 표정이 굳고 말았다.

“김은주 선생의 말도 일리는 있지만, 우리 일본인들 입장에서 보면, 사실 1945년에 히로시마와 나가사키에 떨어진 원자폭탄의 공포와 비극은 잊지 못할 상흔이랍니다. 상륙작전에서 미군의 피해를 최소화하고 전쟁의 완벽한 승리를 위해서라고는 하지만 8월 6일 히로시마 상공에서 떨어트린 원자폭탄으로 10만 명 가까운 히로시마 시민들이 순식간에 흔적도 없이 사라지고 말았어요. 도시의 절반 이상이 폐허로 변했고 18만 명 이상의 이재민이 발생했어요. 뒤이어 8월 9일 나가사키에 떨어진 원자폭탄으로 7만 명에 이르는 시민들이 완벽하게 소멸하고 말았답니다. 생존자들이 방사능이 섞인 검은 비에 오염돼 고통 속에 죽어갔고요. 그들 대부분은 총을 든 군인이 아니라 하루하루를 살아가는 평범한 일본의 시민들이었어요.”

아무도 그 비극의 원인을 일본이 제공하지 않았느냐고 힐책하거나 원폭 투하의 비극과 희생자를 기리는 히로시마 평화공원 어디에도 일본제국주의자들의 책임에 대해서 언급하지 않고 있는 역사적 무책임에 대해서 지적하지 않았다. 히로시마 원주민들을 상륙을 시도하던 미군의 총알받이로 내세워 무려 15만 명에 이르는 무고한 사람들의 목숨을 잃게 만든 범죄에 대해서도 침묵했다. 결사항전을 하던 일본군은 17세부터 45세까지의 원주민 남성들을 남김없이 징집했고 여학생들도 소집해서 총알받이로 썼다. 행여 투항하려는 이들은 무자비하게 죽이거나 자살을 강요하는 만행을 저질렀다. 그러나 전후 일본은 그들이 겪었던 원폭 피해에 대해서는 크나큰 슬픔을 기억하고자 하면서도 그들이 자행했던 전쟁 범죄에 대해서는 한마디도 하지 않았다. 모두가 모르지 않았으나 누구도 침묵을 깨지 않았다. 오카모토 선생의 책임은 아니었기 때문이었다. 누구에게 책임을 물어야 할까. 내가 겪지 않았던 비극적 사건이 내가 감당해야 하는 비극적 사건으로 여전히 남아 있다는 사실이 그날 모두의 가슴을 무겁게 짓누르고 있었다. 더구나 그러한 비극적 사건을 외면하거나 오히려 왜곡하려고 시도하는 자들이 아닌 그러한 비극의 진실을 알리려 애쓰고 있는 사람들이 오롯이 감당해야 한다는 황당한 문제가 미처 알지 못한 사실이었다는 듯 그날 그 자리에 있던 이들의 가슴을 서늘하게 했다.

얼마간의 무거운 분위기가 점차 이완되는 틈을 타서 난징 대학살의 비극에 대해 발제했던 선생이 짐짓 쾌활한 어조로 입을 열었다. 그는 말했다. 이게 말이죠. 동아시아 특히 중국과 한국과 일본 세 나라가 서로 가까운 위치에 있는 탓에 역사적으로 얽혔달까, 영향을 주고받았달까 그런 게 아주 많아요. 오랜 시간이 흘러도 누군가 간직하고 있을 은원도 적지 않고요. 그건 그렇다고, 고개를 가만히 끄덕이며 우리는 그의 이야기를 들었다.

13세기에 몽골이 고려를 침략한 적 있잖아요. 아시다시피 고려 삼별초군이 항전했지만 끝내 절멸당했죠. 이제 몽골은 일본 점령에 나서요. 오랜 숙원이었죠. 몽골은 고려 세조 16년(1279년) 남송에 병선 육백 척을 만들게 하고, 고려(원종 5년)에도 전함 구백 척을 준비하게 해 제2차 원정을 명령해요. 그런데 고려 충렬왕 7년(1281년) 여몽연합군은 다시금 태풍을 만난 뒤 일본군의 공격을 받아 패퇴하고 말죠. 제2차 원정에 참여한 고려군 26,989명 중 19,397명이 생환했으나 몽골과 남송에서 참전한 원의 군사는 극소수만이 돌아왔단 말이죠. 여기에 우리가 주목할 만한 역사가 있죠.

첫 원정 때 대마도에 상륙한 여몽연합군은 주민들을 상대로 노인이나 어린애까지 학살하는 만행을 저질러요. 일본의 기록에는, "대마도, 이키섬의 백성들, 남자는 죽임을 당하거나 잡히고, 여자는 한군데에 모아서 손을 묶거나 손바닥에 구멍을 내서 뱃전에 매달았다. 잡힌 자 가운데 죽음을 면한 자가 없었다."고 여몽연합군의 잔혹했던 만행을 기록하고 있어요. 제가 가서 직접 확인한 거니까

믿으셔도 돼요. 대마도 및 이키섬의 희생자는 1만 3천 5백여 명이라고 기록되어 있어요. 사실일 겁니다.”

모두의 얼굴이 다시 굳어졌다. 대마도 각지에는 여몽연합군의 만행을 후세에 전하는 ‘몽고총’이라는 석총이 남아 있다. 먼 후일의 일이지만 한국 군대가 베트남에 가서 전쟁을 치르면서 베트남 사람들을 학살한 곳에 세워진 ‘한국군 증오비’와 닮아 있다. 고려 말부터 조선 초까지는 그것을 앙갚음하려는 듯 부산포 해안과 인근 내륙에 왜의 도적들이 수시로 난입하여 사람들을 마구 죽이고 여인들을 끌고 가고 재물을 약탈했다. 1592년(선조 25)부터 1598년까지 2차에 걸쳐서 무려 7년 동안 조선을 침략한 왜군은 몽골 군대가 고려 사람들을 죽이고 잡아가고 강간하고 불태운 것 이상으로 일본은 조선을 짓밟았다.

그러하니 문제는 오래전 일어났던 역사적 비극을 기억은 하되 그것이 우리가 미래로 나아가지 못하게 붙잡는 즈건이 되어서는 안 된다고 함께 있던 누군가 낮게 말했으나 말의 울림이 크지는 않았다. 부인한다고 있었던 일들이 없었던 일이 되는 건 아니지만, 부인을 계속하다 보면 언젠가 누군가는 아니라잖아, 할 수도 있을 테니까. 종군위안부든 징용이든 역사적 사실 자체를 부정하는 이들이 결국 의도하는 것이기도 할 테니까.

7

사랑을 잃지 않기를

이변들

2024년 여름은 무척 더웠다. 여름 내내 40도를 오르내리는 지독한 더위 탓에 기진맥진했다. 축사 안의 돼지들만이 아니라 바다도 펄펄 끓어서 양식장의 어패류가 떼죽음을 당했다. 멍게는 다 녹아서 흐물흐물해졌다고 아우성들이었다. 길었던 추석 연휴가 끝나도록 더위는 물러가지 않았다. 후쿠시마 원전에서 바다로 버린 핵오염수는 언제 어떤 모습으로 우리에게 해를 끼칠지 아무도 가늠하지 못했다. 한일 현대 건축 교류전 참가를 위해 일본에 가려던 계획은 급히 보류되었다. 지진과 태풍이 번갈아가면서 일본 열대를 덮쳐 여행 위험 지역이 되었기 때문이다. 중국 상하이에도 베트남 하노이에도 태풍과 함께 폭우가 쏟아져서 도로가 끊기고 마을이 물바다가 되었다. 여름 내내 전 지구가 몸살을 앓고 있었다. 두 군데에서는 전쟁이 계속되고 있어서 숫자를 세는 것 자체가 무의할 만큼 많이 사람이 죽어가고 있었고, 무기판매업자들은 배를 불리고 있었다. 나는 회사와 집을 오가는 일에만 열심이었다. 모든 일에 무기력했다. 더위 탓이었다.

　김은주 선생에게 말하지 않은 일이 하나 있다. 아니 굳이 따지자면 한둘이 아닌데, 우선 오래된 고향마을의 재개발 문제로 다영이와 갈등을 빚다가 그 애를 폭행하고 처벌을 받았던, 그래봐야 집행유예로 풀려나긴 했지만, 아무튼 그 준영이라는 친구가 나를 찾아왔었다. 김은주 선생에게서 갑자기 많이 아프다는 연락이 왔던 2022년 겨울이었다.

　선생은 과로와 신경과민 증세로 의식을 잃고 쓰러졌다가 다행히 병원에서 이틀 동안 치료받고 상태가 호전되었다. 나는 이틀을 꼬박 병실에 있었다. 선생에게는 병실을 지킬 사람이 아무도 없었다. 그 무렵 서른 중반을 지나고 있던 나는, 비혼인지 미혼인지 아무튼 사십 넘어서도 혼자인 선생을 바라보다 불현듯 나도 사정이 다르지 않은데 하고 생각했다. 근심이 밀물처럼 마음을 가득 채우는 느낌이었다. 갑자기 아프거나 예기치 못한 사정이 생길 때, 아니라도 늙어 죽음을 예감하는 시기가 다가올 때, 곁에 있거나 의지하거나 사후를 부탁할 만한 이가 아무도 없다면 그건 좀 문제 아닐까, 그런 생각을 오래 했다. 바로 그때 준영에게서 전화가 왔다.

　만나서 할 이야기가 있다는 그에게 나는 냉담했지만, 그를 만나 나눌 이야기가 내게 전혀 없어서 그랬으나 귀찮을 만큼 전화하고 하소연하는 바람에 병원 일 층의 카페에서 그와 마주 앉았다. 나는 차를 주문하지도 않고 할 말이 뭐냐고 재촉했다. 그와 마주 앉아 시간 낭비하고 싶지 않았다. 그때 목포에서 다영을 향해서 커피잔을 집어 던진 게 아니라는 것이었다. 그럼 뭔데? 눈으로 물었다. 다영이에게 이미 들어 알고 있던 일이었고, 그 때문에 재판에 넘겨져 집행유예 처분을 받아놓고도 사실은 그게 아니었다면 그럼 뭔 데?

"그때 몹시 화가 나긴 했어요. 뭘 집어 던진 것도 사실이고요. 다만 다영 씨의 뒷머리를 향해 던진 건 아니었다고요."

화가 나서, 참을 수 없이 화가 나서 그냥 손에 잡히는 대로 뭘 집어 던졌다는 것이었다. 나는 자리에서 일어나면서 비릿하게 물었다.

"화가 나면 뭘 집어 던지는 습관이 있나 보죠? 던진 게 무엇인지도 미처 알지 못할 만큼 흥분하고 그러나 보죠?"

그는 엉겁결에 내 팔을 붙잡았다가 저 혼자 깜짝 놀라 손을 떼고서 미안하다고 연거푸 고개를 숙였다. 비굴한 표정은 아니었고, 진심으로 미안해하는 그의 눈망울을 마주치면서 나는 그렇게 못된 사내는 아닌데, 어쩌다가 화를 참지 못했니? 그래도 그게 다 본성인 거지, 엉겁결에, 나도 미처 의식하지 못하는 순간에 숨어 있던 그 본성이 나타나 누군가를 죽이기도 하지, 그런 생각들을 했다. 그러면 나는 그런 순간이 없었나, 내게 묻기도 했다. 왜 없었겠어? 회식 자리에서 얼렁뚱땅 내 팔을 스치던 자가 고른 체하고 넘어가자, 다음 날 묘한 미소를 지으면서 지난밤엔 잘 들어갔느냐고 물을 때, 저 미친놈이 무슨 소리를 하는 거야 하고 종일 부글부글 속을 끓이기만 했을까? 아니, 할 수만 있다면 무언가를 집어 던져 묵사발을 만들고 싶었지. 복도로 불러내 싸대기를 갈겨버리고 싶은 마음도 있었고. 그래도 그렇게 하지 못한 건 그다음을 생각해보면 끔찍해서였다. 지나치게 예민해서 동료 직원의 사소한 말 한마디에도 발끈하는 사회성이 부족한 여자, 아니면 폭력적이거나 정신적으로 문제가 있어서 조직 생활에 적합하지 않은 여자 따위의 비난은 나중 일이고 그 당장에는 그자의 물리적 폭력 앞에서 속수무책이기 십상이라는 생각이 그날 나를 괴롭혔다.

그렇다면 준영은, 그가 의도하지는 않았고 어쩌다 집어 던진 찻잔이 다영의 머리에 맞았을 뿐이라고 하소연하고 있는 저자는 나와는 달리 당장 보복에 대한 염려가 없는 것을 직감으로 알고 있는 까닭에 손에 잡히는 무엇인가를 집어 던질 수 있었다는 얘기가 된다. 나는 그를 아주 조금이라도 이해해보려 했던 자신을 나무랐다. 다시는 연락하지 말라고, 그렇다면 다영에게 가서 직접 말하지 왜 나를 찾아왔느냐고, 말은 단호하게 표정은 부드럽게 말했다. 우리가 연인 사이는 아니지만, 혹시 누가 아는가. 이제는 그만 만나자고 이별을 통보할 때 자칫 죽음을 각오해야 하는 일들이 너무 많은 세상이기도 했다. 단호하되 부드럽게, 이게 말이 되나 싶었지만 나는 한 번 무언가를 집어 던져 사람을 다치게 한 그를 마주하고 있던 참이었다.

체념한 듯 돌아서던 그가 물었다. 그런데 현주 씨, 병원에는 무슨 일이냐고, 어디 아픈 데라도 있느냐고, 진심으로 걱정하는 어조였다. 나는 어이없었으나, 아는 분이 잠깐 입원해 있어서 왔다고, 굳이 거짓을 말할 필요는 없어서 그렇게 대답하고 돌아섰다.

"혹시 김은주 선생님이 아프신가요?"

질그릇으로 뒷머리를 맞은 것같이 화들짝 놀라 그를 바라보았다. 너, 나를 미행한 거니? 언제부터였는데, 스토킹으로 신고해야 하나, 네가 김은주 선생을 어떻게 아는 건데? 어리둥절한 잠깐의 시간이 흐르는 동안 나는 아무런 판단도 할 수 없었다.

준영에게서 들었던 말의 참과 거짓 여부를 확인할 방법이 없었다. 아니, 믿기지 않는 엄청난 이야기여서 다른 누구에게 상의할 엄두도 내지 못했다. 김은주 선생이 깨어나자, 나는 넌지시 물었다.

"전화해주어서 감사했어요, 선생님. 그런데 식은땀을 흘리며 의식을 잃은 채 혼곤한 잠 속에서도 최동혁이라는 이름을 몇 번 부르던데요. 아빠, 엄마도 애타게 불렀지만. 그분은 누구세요? 동혁이라는 분, 설마 아무도 몰래 선생님 마음속에 간직한 분이신가 봐요?"

그때 김 선생의 반응이 지금도 새롭다. 시인도 부인도 하지 않았지만, 몹시 곤혹스러운 표정이었다. 사실 그녀가 잠꼬대 중에 최동혁이라는 이름을 부른 건 아니었다. 준영으로부터 들은 이야기를 확인해보려고, 그의 말이 믿을 수 있는 이야기인가 알아보려고 넌지시 건넸던 말이었다. 그랬는데, 반응을 보니 준영의 말이 전부는 모르겠지만 일단 최동혁과 연결된 이야기는 지어낸 게 아니라는 확신이 생겼다. 김 선생이 행복원에 관해 이야기하고, 드디어 최동혁의 이름을 말하는 순간 나는 그 모든 일의 진실을 알게 되었다.

학부 때 김은주 선생이 강의했던 과목을 수강하고 가끔 만나 이야기를 나눌 때마다 차마 묻지는 못했지만 늘 이상하다고 생각했던 것은, 그녀가 태어난 자랐다는 동네가 분명 내 고향 마을인데, 딱 우리 동네인데 왜 단 한 번도 지나친 적 없었을까 하는 점이었다. 그렇게 많은 사람이 사는 동네도 아니고 그녀와 나이 차이가 겨우 일고여덟 정도이니까 아무리 일찍 고향을 떠났다고 해도, 그래도 한 번도 마주친 적 없다는 게 말이 되지 않았었다. 준영에게 물어 확인해보았었다. 김 선생이 행복원 이야기를 하지 않았어도, 그래서 나는 이미 알고 있었다. 그러나 그게 무슨 상관이람. 티를 내지 않으려고 애썼다. 얼마나 힘들었을까, 김 선생을 볼 때마다 나는 어쩔 수 없이 연민의 감정을 느꼈다.

비밀

　김은주 선생이 초등학교 4학년인가 무렵 그녀의 집에 불을 지른 사람은 준영의 돌아가신 할아버지였다. 내가 확인할 수는 없었으나 준영의 고백이 그랬다. 그가 왜 나를 찾아와 그런 엄청난 비밀을 털어놓았는지 처음에는 의아했다. 믿기지도 않았다. 그러나 그런 비밀을 오랫동안 간직하고 살아간다는 것이 얼마나 큰 고통일까를 헤아려보았다. 누군가에게 오래 담아두었던 비밀을 말하는 것으로 고통의 부피가 줄어들지는 않을 것이다. 다만 종종 너무 힘들 때, 억울할 때, 도무지 해결할 방법이 떠오르지 않을 때, 혼자서 한참을 울고 나면 얼마간 마음이 진정되기도 한다. 왜 아니겠는가.

　그렇다 해도 나는 그런 말을 김은주 선생에게 전할 수는 없었다. 진실을 아는 것만이 반드시 최선이 아니라는 것을 나는 안다. 오랜 세월이 흐른 지금, 당사자들이 모두 세상을 떠나고 없는 지금 그 이야기가 누구에게 도움이 되겠는가. 다만 김 선생의 아버지가 그렇게 돌아가신 일에 대해서는 나도 최선을 다해 도움을 드리고 싶었다. 알음알음 썩 괜찮다는 변호사를 소개받고 김 선생에게 연결해준 까닭은 그런 내 마음 때문이었다.

준영의 할아버지가 왜 그런 끔찍한 짓을 했는지, 준영의 말에 따르면 최동혁 할아버지 때문이었다. 아니 그 일을 최동혁 씨 탓으로 돌릴 수는 없다. 그러니까 한국전쟁은 남북한 군대와 각각의 군대를 지원하면서 전쟁에 개입한 미군과 중국 그리고 소련군 등이 엉켜 싸우는 주 전선 말고도 마을 곳곳이 또 다른 전쟁터였다.

한국전쟁 이전 한국 사회는 갈등이 많은 사회였다. 물론 다른 나라도 나름의 사정이 있을 것이고, 사람이 모여 살아가는 어느 사회나 일정한 갈등이 존재할 것이었다. 그러나 한국 사회의 갈등은 너무 많은 요소가 칡넝쿨처럼 엉겨 있었다. 오랜 연원을 지닌 신분과 씨족과 인근 마을과 마을 사이, 그리고 지주제 아래에서 오래 쌓인 갈등에다 일제강점기 친일과 항일 사이의 화합할 수 없는 갈등, 해방 이후 친일 부역자들이 또다시 활개 치는 세태에 한국전쟁이라는 이념에 따른 갈등이 활화산처럼 폭발하고 말았다. 한국전쟁은 그 모든 잠재해 있던 갈등에 화약을 들이부은 것처럼, 많은 이들의 내면에 잠들어 있던 분노와 복수의 감정을 자극하고 말았다. 좌익이니 우익이니 하는 것은 하나의 표식일 뿐 그것을 표방한 살육은 내면에 잠재해 있던 야수의 본능이 아무 거리낌 없이 드러난 것으로 전쟁이라는 조건이 그것을 가능케 했다.

그런 시기 최동혁 씨가 목포에 인민군으로 나타났다. 그들이 목포에 머문 시간이 많지는 않았지만, 그들이 했던 일은 마을 단위로

촘촘하게 인민위원회를 조직하고 친일 지주들의 재산을 몰수하고 경찰이나 우익에 가담했던 이들을 색출해 제거하는 일이었다. 준영의 할아버지는 일제강점기 목포 금융조합의 서기였다. 살겠다고 가졌던 직업을, 대단한 위세라 할 것 없는, 금융조합 서기라는 자리에 있던 사람을 굳이 친일파라고 할 것은 없겠으나 그 당시 금융조합은 동양척식주식회사가 그랬듯이 조선 사람들의 원성의 대상이었다. 결국 고리대금 업자나 다름없었기 때문이다. 준영의 할아버지는 최동혁 씨가 자리한 인민위원회 사무실, 곧 행복원으로 끌려갔다. 목숨은 부지했으나 일제에 부역했다는 모욕과 함께 재산 모두를 헌납해야 했다. 가진 것을 빼앗긴 그의 마음에 원한이 자리할 것은 불문가지겠다. 인민군이 서둘러 철수하자 그는 사람을 모아 맨 먼저 행복원 인민위원회 사무실로 쳐들어갔다. 최동혁 씨 등이 있을 리 없었다. 준영 할아버지가 곧바로 찾아간 곳은 김은주 선생 집이었다. 김은주 선생의 할아버지 김민규 씨 생각이 그의 뇌리를 스쳤기 때문이었다.

김민규는 해방 직후 그동안 갇혀 있던 고하도 감화원을 벗어나 목포에 자리 잡은 사람이었다. 최동혁도 해방 이전에 그런 전력이 있었으니 결국 두 사람은 한 묶음이라고 생각했다. 복수의 대상이, 사라진 최동혁에서 김민규로 이동한 셈이었는데. 김민규라고 집에서 기다리고 있을 리는 없었다. 그러나 보는 눈이 많은 탓에 당장은 아무 짓을 못 하고 때를 기다리기로 한 그는 김민규의 아들, 곧 김은주 선생의 아버지가 월북 어부에서 남파간첩이라는 혐의로 투옥을 당한 후 결국 병사하자 깊은 밤 찾아가 불을 질러 오랜 원한을 갚았다. 그래도 상관없다고, 어차피 빨갱이 집이고 그의 가족이니까, 죽여도, 죽어도, 아무 문제 없다고 생각했다.

내가 어떻게 맨정신으로 그런 이야기를 김은주 선생에게 할 수 있을 것인가. 최동혁 씨도 운명했다고 들었다. 일본제국주의자들이 식민자의 도시에 뿌린 죄악의 뿌리가 깊고도 깊어서 그분과 같은 죄 없는 아이들을 고하도에 가두고, 김은주 선생 같은 불행한 이들을 만들고, 좌와 우로 나누어 서로를 죽이고, 증오하게 했다. 다만 그 끔찍했던 시절에 고통을 겪었던 사람들은 모두 운명했다. 최동혁 씨도, 김민규 씨도, 준영의 할아버지도, 행복원 원장 부부와 경주 나자레원 원장도 일본인 처들도 모두 저세상으로 떠나고 없다. 아주 다행으로 김은주 선생 아버지의 억울함은 재심을 통해 밝혀질 수 있을 것이다.

그렇다 한들 그 맺힌 한이 다 풀릴 수는 없겠으나, 그런 까닭에 지난 역사를 망각의 동굴에 가두지는 않아야겠지만, 우리 세대가 관여하지 않았던 일로 우리 세대가 고통을 대물림 하는 일은 없었으면 하고 나는 바랐다. 그런 생각을 물론 김은주 선생에게 말할 수는 없다. 그러면 그녀는 아주 냉담한 표정으로 말할 것이다. 잘못된 사회 가운데 올바른 삶은 없다고. 그건 독일 사회학자 아도르노가 했던 말이다.

선생은 거듭 말할 것이다. 아니 나를 꾸짖을지도 모른다. 과거를 부정하고 왜곡하는 자들이 여전히 활개 치는 세상만큼은 안 돼.

네가 걱정하는 인구 소멸과 기후 위기 문제도 무척 중요하지만, 굴절된 역사를 그대로 남기는 것도 죄악이야.

그건 그렇다. 그럼에도 나는 이렇게 말해주고 싶다. 오래 생각해왔던 말이다. 당신의 그 어떤 순간에도 사랑을 잃어서는 안 된다고, 사랑만이 우리를 구원할 수 있다고, 당신이 겪었던 행복원과 일본인 처 그리고 최동혁 씨를 따뜻하게 품어주었던 나자레원이 그것을 증명한다고, 말해줄 것이다. 아, 물론 일본에서 오늘도 진심인 오카모토 선생도 그러하지 않은가 하고 말해줄 것이다.

오카모토 선생을 나는 알고 있었다. 근현대 건축 교류전 일로 일본에 서너 번 다녀오곤 할 때 선생이 일본 사회의 호의적이지 않은 여론에도 개의치 않고 대도시를 순회하며 표현의 부자유전을 여는 것을 보았다. 도쿄에서 한 번 뵈었다. 진심으로 고맙다고 인사를 건넨 기억이 있다. 서로 명함을 교환하고 내가 일본에 가거나 선생이 한국에 올 기회가 있을 때 가볍게 안부 인사를 나누곤 했다. 2022년 겨울 오카모토 선생이 김은주 선생과 함께 목포에 다녀온 일도 이야기 들었다. 한국을 떠나면서 선생은 너게 전화를 걸어왔는데, 목소리에 슬픔과 안타까움이 묻어 있었다. 무슨 일이 있었느냐는 내 물음에 선생이 했던 말이 가슴에 오래 남아 있다. 그 얘기도 김은주 선생에게 하지 못했다.

"나는 일본인으로서 한국 사람들께 늘 죄송한 마음을 지니고 있다. 선조들이 한국 사람들에게 저질렀던 모든 악행에 대해 진정한 슬픔을 느낀다. 그런데 한 가지는 꼭 기억허주었으면 좋겠다. 모든 한국 사람이 제국의 침탈과 억압에 저항한 게 아니듯 모든 일본 사람이 한국에 대한 일본제국의 침탈과 억압에 동의했던 건 아니다. 1923년 간토대지진 당시에도 많은 조선인이 참혹한 죽임을 당했다. 용서받을 수 없는 범죄다. 간토대지진 때 조선인 학살을 은폐하고 그 죄를 조선인과 사회주의자들에게 전가하려고 사회주의 계열 독립운동가 박열과 그의 일본인 아내 가네코 후미코를 체포해서 재판에 넘기고 사형을 선고하는 만행을 저질렀다. 그런데 변호사 후세 다쓰지는 온갖 비난을 감수하며 그들을 변호했다. 이후에도 1924년 일본 천왕이 사는 황궁에 폭탄을 투척한 조선의열단원 김지섭과 조선총독부를 폭파하기 위해 국내로 폭탄 밀반입을 시도한 김시현 등을 맡아 변호했다. 일일이 열거할 수 없을 만큼 후세 다쓰지는 일본의 조선 식민 지배를 규탄하고 조선인들의 억울함을 변호했다. 나중에는 변호사 자격조차 박탈당하고 수감되기까지 했다.”

김은주 선생만 아니라 나도 오카모토 선생을 알고 있다고, 그녀에게서 전화가 오기도 했다는 것을, 후세 다쓰지 변호사 같은 사람도 있다는 것을 기억해주면 고맙겠다는 오카모토 선생의 말을 전해주면, 그러면 선생은 웃으실까, 슬픈 표정을 지으실까. 어떤 반응이어도 상관없다. 나는 그녀를 따뜻하게 안아주고 그녀 곁에 서 있을 것이니까.

에필로그

동계 학술대회에 갔다가 정영문 선생이 쓴 「회답겸쇄환사(回答兼刷還使)의 사행문학연구(使行文學研究)」라는 논문을 읽을 수 있었다. 임진왜란 이후 일본으로 끌려갔던 10만여 명의 조선인 포로 곧 피로인 중에서 대다수가 조선으로 돌아오지 않았던 까닭을 추적한 글이었다. 조선 사신들의 쇄환 노력에 대하여 피로인은 조선으로 귀국하기 위해 적극적으로 행동하는 인물, 어쩔 수 없이 일본에 잔류하려는 인물, 귀환을 거부하고 일본에 잔류하려는 인물 등 여러 유형이 있었다고 했다. 그랬을 것이다. 까닭은 임진왜란이 발생하고 난 후 너무나 오랜 시간이 흘렀고, 일본어서 새로운 가정을 형성한 상황적 변화와 상대적으로 조선보다 나은 일본의 정치적 질서와 경제적 여건 등이 작용했기 때문이었다고 했다.

나는 조선의 남성들과 인연을 맺고 조선에 정착했던, 물론 귀국하지 못하고 고향을 그리워한 채 살아야 했던 재한 조선인 처들을 다시 생각했다. 그들에게는 조선에 투항했던 군사들이 그러했던 것처럼 고향으로 돌아갈 배가 끊겨 있었다. 조선의 피로인 중에서 조선으로 귀국하기 위해 적극적으로 행동하는 인물들의 경우 이들의 대부분은 조선에 생활의 터전을 갖고 있거나, 양반 계급으로서 귀환한 후에도 여유로운 삶이 가능하다는 희망이 있던 경우가 대부분이었다.

내 관심은 그들 일부 말고 피로인의 대다수였을 일반 백성들과 여성들이 왜 고향으로 돌아가기를 거부했을까 하는 데 있었다. 고향으로 돌아가도 천민의 신분을 벗어나지 못할 거라는, 비천하게 살기는 일본에서의 삶과 그다지 다르지 않을 거라는 생각이 작용한 것은 아니었을까. 그래도 미운 정 고운 정 들었을 고향인데 그게 쉽지는 않았을 것이다. 누군가 너는 왜? 라고 물으면 어두웠던 기억에서 도망치고 싶었다고밖에는 답할 수 없을 테니까. 여성들의 경우엔 고향으로 돌아가서 받게 될 멸시 때문이었을 것이다. 임진왜란 때 원군으로 조선에 들어왔던 명군과 몸을 섞어야 했던 조선의 여인들과 나중에 병자호란을 당하여 심양으로 끌려갔다가 겨우 살아 돌아온 조선 여인들에게 가해졌던, 순결을 버린 여인이라며 화냥년이라는 비웃음과 배제가 피로인 자신들에게도 가해지리라는 것을 인식하지 않았을까. 나는 그런 생각이 자꾸 들었다. 실제로 전쟁이 끝난 후 조선 조정은 죽음으로써 순결을 지킨 여인들을 심사하여 열녀로 표창한다. 열녀문을 세워 후세에 모범으로 삼는다. 그 열녀 심사 과정이란, 혹독한 고문과 같았다. 발가벗겨진 채 고문실에서 취조를 받는 죄인처럼, 끝없는 의혹과 불신, 가혹한 질문과 추궁. 열녀라는 이름은 그런 과정을 거친 뒤에야 주어졌던 것이다. 귀국선이 끊겨 고향으로 돌아가지 못하긴 했지만 만에 하나 고향으로 돌아갔다고 하더라도 부모의 만류를 물리친 채 조선 남성과 결혼한 일본 여성을 곱게 보지는 않았을 것이다. 어느 경우나 저 경계인들 특히 여성들은 이중삼중으로 가해지는 차별과 배제의 상태에서 고통스러웠을 것이다.

2025년 겨울에서 이른 봄 사이 일본 도쿄와 오키나와에서 며칠 머물렀다. 식민 시기 조선에 살았던 일본 여성들에 관한 내 논문 「식민 지배의 비극 — 일본인 처에 관하여」가 학술지에 게재된 후 일본에서 발행하는 저널에 소개된 모양이었다. 자신을 내가 언급했던 일본인 처와 가까운 가족이라고 소개한 이로부터 초청장을 받았다. 오키나와에서 미군기지 철수 운동을 벌이고 있다는 평화시민연락회의 간사였다. 진위를 확인하기 위해 몇 군데 연락을 취해보다가 결국 오카모토 선생과 통화하게 되었다. 선생은 여전히 활달하고 따듯한 목소리로 내 말에 귀 기울였고, 수소문 끝에 초청장이 사실이라는 점과 겸사겸사 선생이 개최하는 세미나에도 참여하는 게 어떻겠느냐고 물어왔다.

일본에서 만난 사람들은 나를 환대했다. 양국 어디에서나 잊힌 존재인 식민 시기 일본인 처들의 문제를 논의하고 있는 점에 사의를 표했다. 태평양전쟁 시기 군 위안부 문제와 오키나와 미군기지 문제가 별개일 수 없다고 마치 내가 활동가라도 되는 듯이 따듯하게 대해주었다. 나는 다만 연구자일 뿐이어서 민망했다. 이야기 끝에 조심스럽게 한 질문은, 서울에서 2024년 12월 3일 밤에 느닷없는 군사 쿠데타가 일어난 일에 관한 것이었다. 무장한 군인들이 국회에 난입하는 장면과 그것을 막아선 사람들의 뒤엉킴, 이어서 법원을 습격하고 전국을 돌면서 격한 말을 쏟아내는 이들을 보면서 나는 불길한 느낌에 사로잡혔었다. 그것은 겨우 시작하다가 몇 개월 동안 멈춰 선 아버지의 재심에 관한 걱정 때문이었는데, 비상계엄을 선포하던 입에서 나온 처단과 척결이라는 섬뜩한 말이 내 온몸의 피톨을 일으켜 세웠다. 나도 혹시 붙잡혀 가는 것일까. 아무도 모르는 곳으로, 그곳이 어딘지 알 수 없지만 아무튼 흔적을 남기지 않고 숨어 있어야 할 곳을 찾아야 하는 게 아닐까, 나는 겁에 질렸다. 그 느낌을 어떻게 전달할 수 있을까, 나는 망설이고 주저했다.

순조롭게 진행되던 재심이 멈춘 것은, 공산주의자, 빨갱이에 대한 재심을 멈추라는 계속되는 법원 앞 시위 때문이었다. 2023년부터 독립운동가 중에 공산주의자 활동을 했거나 그들과 협력했던 이들을 기려서는 안 된다는 캠페인이 광범위하게 일어났다. 정치인 출신의 정부 관료가 앞장서고 보수언론이 뒷받침했으며 보훈단체 깃발을 든 관제 데모대가 시청과 광장 앞에서 날마다 극성스럽게 외쳐댔다. 쿠데타를 일으킨 대통령의 입에서 선거 부정을 중요한 까닭으로 언급하자 일단의 데모대들 입에서 중국에 대한 혐오의 언어가 확산하고 있었다. 그들은 법원으로 난입하기도 했고 부정선거에 개입한 중국인들이 미군에게 체포되었다는 터무니없는 가

짜 뉴스를 퍼 날랐다. 빨갱이의 범주가 이게 종북을 넘어 중국이라
는 표적으로 이동하는 듯 보였다. 국민저항권이라고 했다. 1980년
5월의 의미를 평가하던 개념을 그들이 가져다 으염시키고 있었다.
급기야 아버지의 재심을 진행하던 지방법원 앞으로도 데모대가 몰
려들었다. 재판은 무기한 중지되었다. 그런데 아무리 생각해보아
도 숨어 있을 만한 데가 생각나지 않았다. 현주가 생각났으나 안전
한 곳이라고 확신할 수 없었다.

오카모토 선생이 물었다. 김현주 선생은 잘 있느냐고, 아직 젊
은데도 무척 사려 깊은 사람이라고, 언제 서울에서 함께 만날 수 있
으면 좋겠다고, 그랬다. 나도 그러하기를 바란다고 고개 숙여 인사
하고 돌아섰다. 내 고국은 계절은 봄이 되었어도 아직 쌀쌀한 날씨
가 계속되고 있었다. 봄은 올 테지만, 오고야 말겠지만. ◨